KB272975

낙타는 사막을 기억한다

〈나답게 청소년 소설〉

낙타는 사막을 기억한다

지은이 | 이은겸(수경)

펴낸이 | 一庚 張少任

펴낸곳 | 돌샘 답게

초판 인쇄 | 2026년 3월 15일

초판 발행 | 2026년 3월 20일

등 록 | 1990년 2월 28일, 제 21-140호

주 소 | 04975 서울특별시 광진구 천호대로 698 진달래빌딩 502호

전 화 | (편집) 02)469-0464, 02)462-0464
       (영업) 02)463-0464, 02)498-0464

팩 스 | 02) 498-0463

홈페이지 | www.dapgae.co.kr

e-mail | dapgae@gmail.com, dapgae@korea.com

ISBN 978-89-7574-379-5

ⓒ 2026, 이은겸(수경)

나답게·우리답게·책답게

* 책값은 뒤표지에 있습니다.

* 잘못 만들어진 책은 구입하신 서점에서 교환해 드립니다.

이은겸(수경) 청소년소설

낙타는 사막을 기억한다

도서
출판 답게

사막을 걷고 있는 모든 '낙타'들에게

세상은 가끔 착한 마음을 이용하곤 합니다. 남을 배려하고, 아픔을 외면하지 못해 먼저 손을 내밀었던 다정함이 오히려 날카로운 가시가 되어 돌아올 때, 우리는 깊은 절망에 빠집니다.

주인공 윤지가 그랬습니다. ADHD를 앓는 반 아이 짝을 자청했던 그 순수한 마음은, 누군가에겐 손쉬운 먹잇감이 되었고 윤지의 일상은 모래바람 몰아치는 사막으로 변해버렸습니다.

학교폭력이라는 거대한 모래폭풍 속에서 윤지는 길을 잃습니다. '착한 아이'가 되어야 한다는 강박은 스스로를 보호할 방패마저 놓치게 만들었습니다. 하지만 사막을 걷는 낙타는 그 뜨거운 모래와 갈증을 기억하면서도 결국 목적지를 향해 발걸음을 옮깁니다.

이 소설은 단순히 폭력의 아픔만을 기록한 이야기가 아닙니다. 무너진 마음을 다시 세우고, 상처 입은 자신을 스스로 보듬어 안는 법을 배워가는 치열한 회복의 기록입니다. 지금 이 순간에도 혼자만의 사막을 걷느라 발바닥이 부르튼 청소년들이 있다면, 이 책이 잠시 쉬어갈 수 있는 작은 오아시스가 되기를 바랍니다.

여러분의 잘못이 아닙니다. 우리의 다정함은 결코 틀리지 않았습니다.

01

착한 아이의 덫

모래중학교 1학년 3반, 조회시간 직전이었다. 평소에도 시끌 벅적한 반이었지만, 오늘은 유난히 더 부산했다. 2학기 첫날, 짝을 바꾸는 날이었기 때문이다.

황윤지는 이날을 손꼽아 기다렸다. 단정한 단발머리에 금테 안경을 쓴 윤지는 언제나 성실하고 모범적인 학생이었다.

지난 1학기 동안 윤지의 짝은 정시우였다. ADHD 진단을 받은 친구였다. 좌충우돌, 천방지축, 어수선함의 극치였다. 윤지는 그런 시우와 짝을 하겠다고 자청했던 것이다.

이유는 간단했다. 시우와 짝을 하겠다는 사람이 아무도 없었기 때문이다. 담임 선생님은 한숨을 수십 번은 내쉬었던 기억이다.

"시우랑 짝할 사람?"

묻고 또 물었지만 교실은 침묵에 휩싸였다. 선생님이 애써 미소를 지으며 계속, 계속 물었다. 그래도 누구 하나 손을 들지 않았다.

윤지는 선생님의 난처한 표정을 보고 더 이상 두고 볼 수 없었다. 저도 모르게 손을 들었다.

"저요."

그렇게 윤지는 시우와 짝이 되었다.

그렇지만 1학기 내내 후회했다.

시우는 정말이지 시한폭탄 같은 존재였다. 윤지는 수업에 집중할 수 없어서 혼자 눈물을 훔친 날도 많았다.

그렇게 긴 한 학기가 지나고, 드디어 2학기! 짝을 바꾸는 날이 온 것이다.

조회시간이 되었다. 담임 선생님이 교탁 앞에서 반 아이들을 둘러보았다.

"자, 시우랑 짝할 사람?"

올 것이 왔다. 선생님의 한 손이 천천히 올라갔다. 어서 손을 들라는 무언의 신호였다. 하지만 교실은 조용했다.

그때도 시우는 해맑게 웃으며 윤지의 수학 노트에 낙서를 하고 있었다.

"야! 하지 마!"

윤지는 낮게 톡 쏜 뒤 노트를 황급히 치웠다. '그래, 이게 마지막이야. 마지막!'

윤지가 시우를 흘겨보다가 다시 선생님을 쳐다보았다.

교실 안은 정적이 흘렀다. 선생님이 짧게 헛기침을 하고 다시 숨을 모았다.

"시우랑 짝할 사람?"

여전히 아무도 손을 들지 않았다.

"그럼 짝할 수 있는 사람?"

선생님이 억지로 목소리를 높였다. 하지만 대답은 없었다. 선생님이 팔을 내리며 한숨을 쉬었다.

"그럼 어쩔 수 없네. 은재."

결국 선생님은 지정하기로 마음먹은 듯했다.

선생님이 교실 맨 뒤에 앉은 은재를 불렀다. 씨름 선수처럼 덩치가 큰 은재였다. 몸무게가 무려 120kg이라고 했다.

3반 서른 명의 시선이 은재에게 집중되었다.

은재는 놀란 표정을 숨기지 못했다. 그 큰 덩치가 흔들릴 정도로 손을 내저으며 강하게 거부했다.

"선생님! 안 돼요. 전 자극에 너무 쉽게 무너져요. 시우를 때릴지도 몰라요!"

은재가 허둥대며 도리질을 했다. 저도 모르게 벌떡 일어나 온몸을 부르르 떨었다. 그의 강한 저항에 선생님의 눈빛이 식었다. 실패였다. 선생님은 다른 대상을 찾기 시작했다.

"그럼 어쩌나. 시우를 혼자 둘 수는 없는데…"

혼잣말과 함께 간절한 눈빛으로 반 아이들을 훑었다.

그때였다. 윤지는 저도 모르게 손이 올라갔다.

정말 자신도 모르게 손을 들었다.

그때 담임 선생님의 표정을 봤어야 했다. 약 0.5초 동안, 올림픽에서 금메달이 확정된 선수처럼 가슴 벅찬 환호를 가까스로 누르는 모습이었다. 그렇다고 기쁜 마음이 숨겨질 리 없었다. 반짝이는 선생님의 눈빛이 윤지를 향했다.

"윤지! 손들었니? 계속 짝 해줄래?"

두 손을 모은 채 간절한 표정이었다.

윤지는 도리질 대신 고개를 끄덕였다.

그제야 선생님이 입고 온 연보랏빛 원피스가 빛을 발했다. 미술을 가르치는 선생님은 금방이라도 콧노래를 부를 것 같았다.

손이 잘못 올라갔다고 해볼까? 손사래를 칠까? 아직 늦지 않았다. 취소한다고 말해도 되는 시간이잖아!

마음과는 달리, 윤지는 입도 뻥긋하지 못했다.

그렇게 착하고 싶냐?

너는 정말 구제 불능이야.

윤지 마음이 아우성쳤다. 윤지는 저도 모르게 책상에 엎드려버렸다.

그렇게 윤지는 다시 시우와 짝이 되었다.

반면 정시우는 기쁨을 감추지 못한 채 두 주먹으로 책상을 두드렸다.

"예스! 예스!"

기쁨의 세리머니가 터져 나왔다.

아무리 고장 난 뇌라지만 시우는 그물에 걸린 물고기 같았다. 펄떡이며 가만히 있질 못했다.

아침 약은 먹고 왔을 텐데, 약발이 안 듣는 걸까?

엎드린 채 윤지가 눈물이 고일 때 시우가 윤지 책을 뒤적였다. 노트도 마구 넘겼다.

몸을 일으킨 윤지를 보던 시우가 씩 웃더니 빙글거렸다.

"내가 돌았지."

윤지의 후회는 도돌이표처럼 윤지를 무너트렸다.

저녁을 먹은 뒤 엄마한테도 슬쩍 말을 흘렸다.

"엄마, 시우랑 또 짝 되었어…."

윤지가 말끝을 흐리자 엄마는 펄쩍 뛰었다.

"아니, 한창 중요한 시기에 남녀로 짝을 지은 것도 어색한데, 하물며 마음 아픈 애를 두 학기나 붙여 놓다니! 담임 선생님이 너무하네! 네가 참을성 있게 기다려 주길 바랐더니, 더 이상 안 되겠어. 그냥 두고 볼 수가 없어. 내가 선생님한테!"

엄마가 설거지통에 그릇을 내팽개쳤다. 당장이라도 달려갈 듯 눈빛이 타오르는 걸 윤지가 간신히 말렸다.

"엄마, 시우, 아픈 애잖아. 내가 알아서 할게, 응?"

식식거리는 엄마를 한참 만에 식탁 의자에 앉혔다.

"너, 힘들다는 말 그럼 하지 마! 어휴, 속상해!"

엄마는 의자를 소리 나게 밀고 일어나더니 방으로 들어가 버렸다. 윤지는 얕게 한숨을 쉬었다. 이 사달을 일으킨 게 자신이지 않는가. 견뎌내는 수밖에 없었다.

다음 날 시우가 교실을 뒤집어 놓았다. 이번엔 '말미잘 게임'이었다. 6학년 때 유행하던 게임이 중학교까지 따라온 거다. 술래에게 잡히면 말미잘이 되는 게임이었다.

흔들흔들 말미잘 터치라나?

실실거리며 다가가 놀라게 하고, 아이들이 놀라면 펄쩍거리며 좋아했다.

윤지는 번번이 희생양이었다.

물리적 거리상 가장 취약했으니까.

"내 인내심, 평정심, 몽땅 던져 버리고 네게 주고 싶은 게 뭔지 알아? 해일, 태풍, 홍수, 지진, 천재지변이다.

아니! 아니!

무지개 거미로 만들어 버릴까? 내 신발 넣는 상자로 만들어 버릴까? 아! 진짜 내가 말미잘이 되어 독을 쏴 주고 싶다. 이 녀석아!"

화를 내고 시근덕거려도 시우는 마냥 샐샐거릴 뿐이었다. 암담하고 막막했지만, 딱히 뾰족한 수도 없었다. 윤지의 한숨은 버릇이 된 지 오래였다.

그러다가도 다른 애들이 시우를 괴롭히면 윤지는 단호했다.

"너희들! 왜 시우를 괴롭혀! 머리 때리지 마!"

눈에 불을 켜며 달려갔다.

그 덕분에 윤지의 별명은 2학기 내내 '시우 엄마'가 됐다.

사실 따지고 보면 윤지만 고통 받는 건 아니었다. 시우는 수업 도중에도 갑자기 밖으로 튀어나가곤 했다.

"잠자리 잡아야 돼! 잠자리!"

홀린 듯 운동장으로 내달렸다.

과목 선생님은 반장에게 눈짓을 보냈다. 잡아오라는 신호였다.

반장이 짜증스럽게 뒤쫓았다.

선생님과 반 아이들도 번갈아 가며 데리러 나갔다.

찾아내더라도 사정사정해야 겨우 들어왔다.

음악 시간도 마찬가지였다. 이동 수업인데 시우는 들어오지 않았다. 반 아이들 모두 과학실과 운동장을 오가며 찾아다녔다.

결국 꽃밭에서 발견되었다.

또 생쇼의 달인이기도 했다. 피구할 때도 누군가를 맞혀 아웃시키면 공중으로 펄쩍 솟구쳤다.

"끼아!"

괴성을 질러댔다. 양 주먹을 불끈 쥐고 고함을 내지르며 운동장을 내달렸다. 오두방정 세리머니는 기본이었다.

오늘도 멀리 뛰기를 하는데 자신이 제일 멀리 뛰었다고 난리를 피우다 돌부리에 걸려 넘어졌다.

"악! 악!"

진저리를 치며 병원으로 갔는데, 반 아이들 모두 웃어야 할지 울어야 할지 모르겠다는 반응이었다.

"그냥 사랑이 더 필요한 친구 하나가 있다. 그렇게 생각합시다. 자유로운 영혼, 나비 같은 친구가 있다, 이렇게!"

종례 시간, 담임 선생님의 말씀은 늘 이렇게 끝났다.

며칠 뒤 쉬는 시간, 윤지는 교무실로 향하고 있었다. 더 이상 시우를 견뎌낼 재간이 없었다. 암울하다 못해 음울했다. 물론 짝을 하겠다며 손을 들었지만, 사람이 실수할 수도 있잖아. 마음이 바뀌는 건 자연스러운 거잖아.

지금이라도 짝을 바꿔 달라고 할 생각이었다. 스트레스가 너무 심했다. 머리카락이 빠지고 학교만 오면 머리가 지끈거렸다.

윤지는 자신의 한계를 직시하지 못했다. 시우를 돕겠다는 선한 마음은 좋았지만, 그건 순전히 착한 아이 콤플렉스 때문이었다. 선생님이 난처한 표정으로 짝할 사람을 찾을 때, 아무도 손을 들지 않는 교실의 침묵을 견딜 수 없었다. 그래서 윤지는 아무도 나서지 않는 그 상황을 자신이 해결해야 한다고 생각했다.

어쩌면 자신이 손을 들면, 윤지의 존재가 돋보이면서 모두의 칭찬을 받을 거라는 기대도 있었는지 모른다. 결국 윤지는 자신의 의지로 손을 들었다는 것을 인정하기 싫어 떠밀린 것처럼 스스로를 합리화했다. 그렇게 시우와 짝이 되었고, 지친 윤지는 스스로를 자책하고 후회했다.

시우와 계속 짝을 하는 일은 윤지의 능력 밖이었다. 쓸데없는 많은 일에 에너지를 뺏기며 지쳐갔다. 무엇이든 지나치면 오히려 독이 된다는 것을 이번 기회에 뼈저리게 배운 것이다.

상처받은 영혼에게 감동이 가장 큰 선물이라고 했던가. 어쩌면 윤지는 자신이 주는 진정한 따뜻함이 시우의 상태를 호전시킬 거라 기대했는지도 모른다. 자신이 감내한 만큼 그래도 조금의 변화는 있을 거라는 보상심리가 있었나 보다.

시우 엄마도 아닌 자신이 희생적인 헌신을 해야 하는 건 아니었다. 조건 없는 희생은 터무니없는 일이었다. 자신이 먼저 행복해야 하는데 말이다.

교무실 앞이었다. 이제 이 문을 열고 들어서면 된다. 심호흡을 했다.

"선생님! 저 시우 짝 못 하겠어요. 오늘도 제 옷에 우유를 부었어요. 정말 바꿔주세요. 너무 힘들어요."

선생님에게 할 말도 연습했다. 혼잣말로 몇 번이나 중얼거렸다.

그래, 이 문만 열면 돼. 팔을 뻗어 막 문을 열려는데 문 옆에 붙은 교사 사진과 자리 배치도가 보였다.

순하게 웃고 있는 담임 선생님 모습이 확 다가왔다.

막상 선생님 사진을 보니 마음이 약해졌다. 시우뿐만 아니라 윤지네 반이 요즘 시끄러웠다. 남자애들 학교 폭력이 터진 것이다.

"아이고. 골치야!"

선생님이 머리를 싸매던 때였다.

악바리 준수가 지나가면서 괜히 레온을 툭 치고 간 것이다.

그때 레온이가

"뭐야, 이 자식아!"

라든지

"개새끼야! 왜 쳐!"

사납게 되받아쳤으면 됐는데… 레온은 온순했다.

"그러지 마."

그냥 이렇게 심심한 반응을 보인 거다. 준수는 그걸 자비로 받아들이지 않았다. '어? 이것 봐라.' 만만하게 본 것이다.

그 후에는 말해 뭐해.

준수 패거리가 레온을 교실 밖이나 뒤란으로 불러내 괴롭혔다. 진절머리가 나도록 끈질겼다.

집단만큼 무서운 건 없지. 준수뿐만 아니라 학교 밖 준수 패거리까지 합세했다.

오리걸음을 시켜 절뚝거리게 만들고, 입술이 터지는 괴롭힘이 이어졌다. 얼차려 받는 게 무서웠던 레온은 결석까지 잦아졌다.

자잘한 괴롭힘은 일일이 열거할 수도 없었다. 모욕, 공갈, 강요는 기본이었다. 금품 갈취, 심부름, 대신 숙제, 감금, 협박, 성추행, 상해, 유인, 명예훼손……. 최근에는 킥보드 셔틀까지 시켰다.

착하고 반듯하며 공부까지 잘하던 레온은 그렇게 학교 폭력의 표적이 됐다. 가해자들의 질투심이었을까? 가해자들의 열등감이 이유였을까? 자신들보다 뛰어난 레온을 가지고 놀고 갖고 놀았다. 우월감과 희열감에 환호했다. 포식자와 피식자, 한마디로 레온을 먹잇감으로 점찍은 것이다.

선생님 앞에 선 하얀 레온이 보였다. 선생님의 쉰 목소리가 들려왔다.

"참지 마, 레온아. 표현을 해. 말로써 잘! 자꾸 해봐야 해. '나, 무척 화났어. 화가 나! 참을 수 없을 만큼 싫어!' 이렇게 해보는데 상대가 안 바뀌는 것 때문에 좌절하면 안 돼.

물론 걔가 바뀌는 걸 기대하면 안 돼. 걔는 안 바뀌어. 나와 상대방의 관계는 조율이지 사람을 바꿔 놓는 게 아니거든. 하지만 할 말은 하는 거야. 내 생각을 말하는 데 의미가 있어."

선생님의 얼굴에는 안타까움이 가득했다. 틀린 말은 아니었지만, 레온은 아무 대꾸도 하지 않았다. 그저 묵묵히 듣고 있을 뿐이었다. 대답할 기운조차 없어 보였다.

그 모습을 지켜보던 윤지는 힘없이 돌아섰다. 그러는 동안 두 마음이 싸웠다.

'선생님이 지금 힘들잖아. 레온이 일도 힘든데 나까지 합세할 수는 없잖아.'

'지금 나보다 더 중요한 게 어디 있다고. 이심전심이라지만 너를 봐. 네가 우선이야.'

'맞아. 넌 지금 선생님이 힘든 걸 먼저 생각하고 있잖아.'

두 마음이 싸우는 동안 갈피를 못 잡는 자신에게 화가 났다.

'그래도 선생님은 어른이잖아.'

발을 구르던 윤지의 눈에 끝내 눈물이 고였다.

02
폭풍 속으로

중간고사가 막 끝났을 무렵이었다.

"시우 엄마! 시우 지금 2반 쪽으로 뛰어갔어! 괴성을 지르면서!"

쉬는 시간, 꺽다리 우성이가 빙글거리며 외쳤다. '시우 엄마'는 윤지의 별명이었는데, 이제는 아예 이름처럼 불러댔다.

어쩌겠나. 이제는 눈을 흘길 기운 없는 윤지였다. 빨리 상황을 해결하는 게 가장 좋은 방법이었다. 윤지가 한숨을 쉬며 시우를 찾아 복도로 막 나서는데, 일촉즉발이었다.

2반 복도에 쭈그려 앉아 울고 있는 여자아이 옆으로 시우도 함께 쭈그려 앉아 있었다. 틀림없이 정시우가 또 누군가를 괴롭힌 것이다.

"시우! 정시우, 다른 애들 괴롭히지 마!"

놀란 윤지가 달려가 희희덕대는 시우를 잡아 일으키자, 울고 있는 아이가 얼굴을 들었다. 장세리였다.

세리는 초등학교 동창이었다. 윤지와 내리 같은 반이었지만, 특별히 친하지는 않았다. 그냥 같은 반이었다는 정도였다. 이제는 동창이 되었지만.

"세리야, 혹시 시우가 괴롭혔니?"

윤지가 시우를 가리켰다. 울어서 퉁퉁 부은 세리의 눈이 윤지를 향했다.

"우리 반 애들이 날 따돌려."

전혀 뜻밖의 말이었다. 그럼 시우 때문이 아니라는 거잖아. 내심 다행스럽기도 했지만, 홀로 울고 있는 세리가 애처로웠다.

"왜? 무슨 일인데?"

윤지는 시우를 놔두고 세리를 안아 일으켰다. 시우는 그 틈을 타 도망쳤지만, 더 이상 잡을 수도 없었다.

"몰라. 그냥 내가 다 싫대."

그 말은 마치 '나, 낙인찍혔어.'라는 말처럼 들렸다. 세리는 윤지 품에 안겨 울었다. 상처 입은 산짐승처럼 서러움을 토해냈다.

그러는 동안에도 누구 하나 세리에게 다가오지 않았다. 침묵을 삼킨 듯, 번뜩이는 검은 숲처럼 2반 교실은 고요했다.

세리는 영문도 모른 채 종례 종을 만났다.

그날 이후, 윤지는 세리에게 두어 번 편지를 썼다. 측은지심이었다. 세리가 흘린 눈물에 대한 이해와 위로였다. 더구나 곤궁에 처한 세리는 동창이었다. 힘내라는 지극히 통상적인 편지였다.

그러나 그것이 윤지의 일상을 바꿔 놓을 줄은 몰랐다.

착한 선택이었을지는 몰라도 어리석은 결정이었다. 악행은 절대 해선 안 되지만 선행은 선택이라는 사실을 간과한 것이다. 세리는 쉬는 시간마다 윤지를 찾아왔다. 때로는 과목 선생님이 나가기도 전에 들이닥쳤다.

"윤지는 내 친구야!"

느닷없이 왈칵 쏟아냈다. 그것도 들으라는 듯 목청껏. 정말 뜬금없는 행동이었다. 윤지 반 아이들은 '쟤 뭐야.'라는 심드렁한 표정을 짓고는 이내 시선을 거두었다. 난데없는 일이었다. 윤지 역시 그러다 말겠지 싶었다. 언짢고 성가셨지만, 슬그머니 회피하는 쪽을 택했다.

그러나 세리는 끊임없이 윤지를 찾았다. 지나친 애정 공세까지 이어졌다. 뒷문으로 들어와 기습적으로 끌어안았다. 강하게 뿌리쳐도 소용없었다.

"하지 마."

불에 덴 듯 밀어냈지만, 세리는 개의치 않았다. 수시로 찾아와 엉덩이를 툭툭 칠 땐 소름이 돋을 정도였다.

"싫다고!"

그럴 때마다 윤지는 정색했지만 소용없었다. 아니 오히려 더 집요해졌다.

교과서를 빌려가고, 체육복도 빌려갔다. 하지만 돌려주지 않는 일이 많았다. 이쯤 되면 공포였다. 쉬는 시간이 두려워질 정도였다. 그즈음 선생님이 윤지를 불렀다.

"윤지, 혹시 2반 세리랑 친해?"

뜬금없는 질문이었다. 윤지는 당황했다.

"아니요… 그다지."

윤지의 표정이 어두워졌다.

"그런데 왜 세리에게 편지를 썼어? 세리가 네 편지를 여기저기 공개했나 봐."

선생님의 궁금증이 깊어졌다. 윤지의 가슴이 철렁 내려앉았다. 개인적인 편지를 공개하다니, 뭔가 잘못되어 가고 있었다.

"아, 저는… 몰랐어요."

윤지는 입술을 잘근 깨물었다.

"선생님이 신경 안 써도 돼?"

그 질문을 듣는 순간 윤지 입에서 짧은 신음이 흘렀다.

마침 수업 종이 울렸다. 교무실은 갑자기 분주해졌다.

"안 되겠다. 다음에 이야기하자, 응?"

선생님은 수업 준비를 위해 자리에서 일어섰다. 다음을 기약했지만, 그걸로 끝이었다.

나중에서야 안 일이지만 2반의 장세리, 반나나, 이유진 이 셋은 삼총사였다. 하지만 세리의 욕설과 신체 접촉이 심해서 다툼이 잦았다고 했다. 결국 나나와 유진은 한편이 되어 세리를 멀리

했다고 한다. 그런 나나와 유진이 근처를 세리가 늘 맴돌았다나.

그래서였을까? 유진이 가끔 윤지 반에 등장했다. 세리가 윤지에게 들러붙으면 유진이 달려와 세리를 떼어냈다.

"놀랐겠다! 미안! 애가 좀 이상하지?"

너스레를 떨며 사과했다.

그뿐만이 아니었다. 세리는 또 다른 급우까지 스토킹했다는 걸 알게 되었다. 세리 뒷자리 아이인데 집요하게 친구가 되자고 매달렸단다. 학원 앞에서 기다리고, 집까지 따라갔다고 했다. 결국 그 아이가 학교폭력으로 신고했고, 법원까지 갈 뻔했다나.

그즈음 세리가 복도에서 울고 있었던 것이다.

아뿔싸! 왜 그 반 아이들이 세리를 거들떠보지 않았는지, 그제야 알게 되었다.

이제 윤지는 쉬는 시간 종이 울리면 부리나케 뒤뜰로 피했다. 세리와의 일을 부모님도 알게 되었다. 주말 아침 부모님과 아침밥을 먹던 윤지가 무심코 이야기했기 때문이다.

"스토킹은 명백한 범죄 맞아. 나도 지금 스토킹 당하고 있어. 너무 힘들어."

읊조리듯 말하는 걸 부모님이 듣고 모두 얼음이 되었다. 먼저 상황 파악을 한 엄마가 당장이라도 세리 연락처를 달라고 다그쳤다.

"걔 전화번호 알지? 이런 일은 빨리 처리해야 해. 알려줘, 지금!”

그런 엄마 말에 아빠도 같은 마음이라는 듯 고개를 끄덕였다. 윤지는 얼른 손을 내저었다.

“엄마, 아이들끼리의 일이야. 이러면서 크는 거야. 내가 해결할게.”

대수롭지 않은 듯 허세를 부렸다. 사실 같은 반도 아니었으니 그렇게 멀어질 줄 알았다. 그렇게 넘겼는데 이럴 수가.

2학년 때 같은 반이 되었다. 겨울방학을 마치고 반편성표를 확인한 윤지는 절망했다. 장세리와 같은 반이 된 것이다. 어떡하지. 예감이 좋지 않았다.

“엄마, 좋은 일과 나쁜 일, 둘 중 어떤 걸 먼저 말할까?”

저녁 식탁에서 물었다.

“음… 나쁜 일.”

엄마가 미간을 좁히며 윤지의 입을 응시했다.

“장세리와 2학년 1반, 같은 반이 되었어.”

“어쩜 좋아!”

엄마의 짧은 탄식이 털썩 주저앉았다.

“그럼 남은 좋은 일은?”

엄마가 애써 한 톤 올려 물었다.

“응, 담임 선생님이 가사 선생님인데 참 좋은 분이야.”

윤지도 부러 목청을 높였다.

반 배정이 끝난 후, 윤지는 담임 선생님을 찾아갔다.

"선생님, 사실은 저 세리 때문에 무척 힘들었어요."

그동안의 일을 모두 털어놓았다. 이야기를 들은 선생님의 낯빛이 점점 어두워졌다.

"진작 말하지. 그럼 같은 반으로 묶지 않았을 텐데. 나는 네가 세리와 잘 지내는 줄 알고 일부러 묶어 준 건데……."

말을 끝맺지 못했지만, 이미 반 배정은 번복할 수 없는 상황이었다. 윤지에게는 그렇게 어긋날 대로 어긋날 앞날이 기다리고 있었다.

03
낙타는 사막을 기억한다

예감은 적중했다. 세리가 득달같이 다가왔다. 예전에 삼총사였던 나나와 함께였다. 그러고 보니 나나도 2학년 1반이 된 것인데 유진이와 다른 반이 되면서 세리와 다시 결속된 것 같았다.

"야! 우리 3인방 하는 거 어때?"

세리가 윤지에게 야살스럽게 물었다. 1학년 때 주눅 들어 보이던 모습과는 달리, 눈빛마저 얄망스러웠다. 윤지가 대답이 없자 나나가 나섰다.

"야! 너 왜 대답을 빨리 안 해. 우리 바빠."

팔짱을 끼며 쌍심지를 켰다. 하얗게 뜬 화장에 새빨간 입술이 거슬렸다. 윤지는 그들과 친해질 생각이 없었다.

그냥 이 상황이 빨리 끝나기만을 바랐다. 하지만 거절하는 방법을 몰랐다. '안 돼', '싫어'라는 말은 윤지의 사전에 없는 단어였다.

윤지는 입을 꾹 다물었다. 왠지 모르게 위축되는 자신을 느끼며 어색하게 웃어 보였다.

그때부터 세리와 나나는 먹잇감을 발견한 하이에나처럼 윤지 주변을 맴돌기 시작했다. 윤지는 그들이 던지는 위협적인 시선과 공포를 수첩에 담기 시작했다.

〈괴롭힘의 기록〉

-3월 6일, 교실

쉬는 시간. 자리에 앉아 공부를 하고 있는데, 세리가 불시에 내 오른쪽 뺨에 화장품을 발랐다. 불쾌함을 드러내며 항의했지만, 사과는커녕 조금도 개의치 않았다. 오히려 재미있어했다. 화장실로 가서 얼굴을 씻어냈다.

내 의자에 제 엉덩이를 들이밀며 함께 앉았다. 몸을 내게 밀착시키더니 한 팔로 어깨를 감쌌다.

그러고는 다른 손을 들며 말했다.

"네 가슴 만져 봐도 되냐?"

징그럽게 킬킬거렸다. 내 필기구를 만지거나 가방을 뒤지는 일은 이제 부지기수다. 내 허락 따위는 안중에도 없다.

내가 얼마나 좋아하던 학교였는데··· 이제는 이 학교에 있고 싶지 않다.

-3월 7일, 체육시간을 앞두고

ㄴ학년이 이용하는 탈의실로 갔다. 아무도 없었다. 혼자 옷을 갈아입는데 세리와 나나가 인기척 없이 다가온 것이다.

옷을 갈아입다가 무심코 뒤를 돌았다가 비명을 질렀다. 둘이 바짝 다가와 있었다. 얼마나 놀랐던지 그 자리에 주저앉을 뻔했는데 둘은 깔깔거렸다.

"야, 애들도 아니고 내복이 뭐냐? 내복이! 쥐색 상하의 내복이라니. 교복으로 입고 다녀!"

게다가 내 속옷을 가리키며 비웃었다. 웃음을 참지 못하고 벽을 치며 제자리에서 뛰고, 배를 잡고 웃어댔다. 민망했다. 발가벗겨진 듯 수치스러웠다.

제발 가달라고 간청했지만 소용없었다.

더구나 내 가슴이 작다며 비아냥거렸다. 모멸감에 심장이 두근거렸다. 둘은 나를 벽 쪽으로 밀어붙였다.

"너, 섹스에 대해 알아?"

세리가 실실거렸다.

"야동 봤어? 구할 줄은 아냐?"

나나는 한술 더 떴다.

"내가 야동 구할 테니 같이 볼래?"

세리도 합세했다. 구역질이 났다. 더 이상 참을 수 없었다. 소리를 지르며 뿌리쳤다.

"비켜! 내게 대체 왜 이래!"

용기를 내 소리쳤지만 소용없었다.

"이 잡년이 어디서 개지랄이야. 아가리를 찢어 놓을까 보다."

"이게 지금 우리한테 소리쳤냐? 아, 씨발! 보지에 좆을 박아버려 줄까?"

세리와 나나는 기다렸다는 듯 저급한 욕설을 퍼부었다.

나는 귀를 틀어막고, 그 자리에 주저앉고 말았다.

-3월 8일, 3교시 쉬는 시간

평소에도 세리는 돌변하는 일이 많았다. 재잘거리며 떠들다가 갑자기 불같이 화를 냈다. 이번에는 그 화가 오롯이 나에게로 향했다. 더 두려운 것은 내가 하지도 않은 말을 했다고 떠들어대는 것이었다.

"윤지가 씨발이라고 욕했다!"

교실이 쩌렁쩌렁 울릴 정도로 소리를 질렀다.

나는 서둘러 손을 내저었다. 사실이 아니니까. 정말 아니니까.

그럼에도 불구하고 세리는 거짓말을 퍼뜨렸다. 아이들이 정말로 그렇게 믿으면 어쩌지, 불안하고 답답했다. 하지만 막을 방법이 없었다. 세리는 폭주하는 기관차 같았다. 나는 그 기차에 올라 타버린 것이다.

-3월 8일, 5교시 쉬는 시간

화장실에서 나오려는데 세리와 나나가 들어왔다. 내 앞을 가로막
았다.

"너, 화장 안 하더라. 화장 시켜 줄까?"

세리는 나를 화장실 벽 쪽으로 밀어붙였다.

"너를 화장실 벽에 접착제로 붙여 놓고, 풀 메이크업을 해주고 싶어."

"아주 네 얼굴에 핏빛 화장을 시켜줄 수도 있어. 어때?"

세리와 나나가 눈을 번뜩였다. 마침 다른 아이들이 화장실로 들어
왔다. 그 덕분에 나는 가까스로 빠져나올 수 있었다.

·

·

·

그러나 메모는 여기까지였다. 세리와 나나는 자신들이 기록되
고 있다는 걸 본능적으로 눈치를 챈 것 같았다. 윤지는 수첩을 실
내화주머니에 넣었다.

복도는 공포였다. 복도를 지날 때면 툭 치고 지나가는 것은 예
사였다. 욕설은 더욱 거칠어졌다.

"아 씨발, 왜 걸리적거려? 죽을래?"

"이년이 죽고 싶나 봐. 벌레 같은 게. 씨발!"

양쪽에서 동시에 윤지를 찔러댔다.

수업 시간도 다르지 않았다. 그동안은 선생님 눈치를 보던 그들이었지만, 점점 대담해졌다. 수업시간에도 바퀴벌레 모형을 윤지 책상으로 던졌다.

더 이상 견딜 수 없었다.

윤지의 꿈은 의사였다. 국경없는 의사회에서 일하기를 늘 꿈꿨다. 그러나 지금의 상황에서는 아무것도 할 수 없었다. 학업에도 막대한 영향을 끼치고 있었다.

저녁을 먹으며 먼저 엄마에게 이야기했다.

아니나 다를까. 엄마는 말을 꺼내자마자 동공이 확 커졌다. 엄마도 스트레스에 취약한 구조임이 분명했다. 무슨 갈등 상황이 되면 흥분부터 했다. 그런데도 말을 꺼낸 건 윤지도 의지할 곳이 필요했기 때문이다. 사막 한가운데 홀로 서 있는 이 막막함을 위로 받고 싶었다. 그렇지만 엄마는 생각보다 행동이었다.

"그걸 왜 이제야 말해! 당장 선생님한테 전화하자, 응? 빨리!"

무슨 일이라도 낼 것 같은 엄마 모습을 보며 윤지는 아차 싶었다. 괜한 말을 했나 후회가 밀려왔다.

"제발, 엄마! 진정해. 밥이나 먹어."

짐짓 아무렇지 않은 척 연기를 하며, 숟가락을 들었다. 그런 윤지보다 더 흥분하는 엄마를 보며 윤지는 외로웠다.

아빠가 생각났다. 요즘 늘 출장 중인 아빠가 그리웠다. 차분한 아빠라면 이해해 줬을 텐데, 급하게 해결책만 찾는 엄마는 윤지의 마음을 더 답답하게 만들었다. 혼자서 짊어진 고민의 무게가 버거웠지만, 기댈 곳 없는 현실에 윤지는 스스로를 다잡을 수밖에 없었다.

다음 날, 등교 후 담임 선생님을 찾아갔다. 담임 선생님은 하얗게 질렸다.

"어쩌면 좋아. 얼마나 힘들었니. 학교폭력 신고 절차에 들어가야 해. 전담 기구에서 사안을 파악하도록 하자."

담임 선생님은 출산 휴가를 마치고 막 복직한 참이었다. 작고 연약한 선생님이 비분강개했다. 윤지와 세리, 나나는 즉시 위클래스 상담실로 불려갔다.

수업 중이든 아니든 상관없었다.

윤지에게 수업권은 무엇보다 중요했다. 못마땅했지만 어쩔 수 없었다.

상담 선생님이 시도 때도 없이 아무 때나 호출했다. 그것 또한 고역이었다.

윤지는 피해자면서도 상담실에서 줄곧 고개를 들지 못했다.

세리와 나나는 곁눈질로 윤지를 쏘아보았다. 그 시간은 공포였다. 숨이 쉬어지지 않았다. 이미 힘의 균형이 무너진 관계였다. 피해자와 가해자로 나뉜 사이에서 피해자가 더 무슨 말을 할 수 있었을까? 상담이란 결국 있었던 일을 이야기하는 것이다. 주저 앉았던 시간으로 다시 돌아가 열패감을 맛보는 것이다. 아니야, 아니라고. 이건 윤지가 원했던 시간이 아니었다. 어두운 터널을 걷는 기분이었다. 그런 윤지 곁에 끈끈한 공포가 동행했다.

세리와 나나는 상담실을 나설 때마다 윤지를 노려보았다.

"아, 젠장! 일이 커졌어."

"아, 씨발!"

욕과 함께 복도에 찍, 침을 뱉었다.

승냥이처럼 이를 갈았다.

교실로 돌아온 뒤에도 사정은 달라지지 않았다. 그들의 은밀하고 거친 욕설은 암세포처럼 윤지를 갉아먹었다. 윤지 곁으로 스치듯 욕설이 지나갔다.

"벌레 같은 것, 죽어버려."

"죽어버려, 이것아."

음흉하고 음침한 저주가 윤지를 휘감았다.

복도를 걸을 때도 마찬가지였다. 어디선가 빠르게 다가와 무서운 얼굴로 지나쳤다. 그러면서 윤지의 팔을 세게 가격했다.

"이 씨발년 때문에 일이 커지면 어쩌지?"

둘은 욕설을 일으키며 사라지기를 이어갔다.

윤지는 태어나 처음으로 비참함을 느꼈다. 위 클래스 상담이 늘어날수록 점점 더 작아졌다. 똑바로 서 있는 것조차 버거웠다.

　　심리 상담 선생님과 담임 선생님도 여러 번 세리와 나나, 그들에게 말했다.

“윤지 근처에 가지 마. 따라다니지 마.”

“윤지한테 접근하지 마. 왜 말을 안 듣는 거야?”

꾸짖고, 타일렀다.

그러면 대답은 항상 똑같았다.

“네, 알겠어요.”

“안 그럴게요.”

히죽거리며 능청스러웠다.

언제 그랬냐는 듯 다시 따라다녔다. 비열하기 짝이 없었다.

　　담임 선생님의 노력도 계속되었다. 교실에서 틈틈이 학교폭력 영상을 틀었다.

“우리 학교는 학내 괴롭힘에 엄격하게 대처한다는 거 알고 있지? 싸움이 일어나면 양쪽 입장이 있다는 것도 알아. 무슨 일인지 짐작할 수도 있겠지. 그렇다고 폭력을 쓰거나 욕설을 하는 것은 용납할 수 없어. 물론 지켜야 할 것들에 대해서 어쩔 수 없는 경우도 있겠지만, 폭력과 욕설은 나쁜 행동이다. 나쁜 행동을 했을 때에는 어느 한쪽이 불이익을 받지 않도록 학교가 공정하게 대처할 거야.

다음은 욕설에 대한 영상이야. 욕에 대해서는 내가 전문성이 없어서 전문가를 영상으로 초빙했으니 잘 배우도록 해.”

선생님은 곧 영상을 틀었다. 푸근한 인상의 의사가 화면에 나타나 이야기를 시작했다.

얘들아, 화를 내야 할 때는 내야 해. 화도 중요한 감정이야. 그런데 욕은 달라. 욕을 하면 대뇌에서 도파민이 급격히 활성화돼. 도파민이라는 신경전달물질이 있거든. 그런데 이 도파민이 활성화되면 대뇌에서는 ‘내인성 오피오이드’가 분비돼. 도파민이 급격히 활성화된 후 나오는 오피오이드 성분 때문에 잠시 편안함과 안정감을 느끼게 돼.

그런데 시간이 지나면 어떻게 될까? 우리 뇌는 ‘이제 괜찮지?’라고 판단하고 내인성 오피오이드의 분비를 갑자기 줄여버려. 그러면 편안함이 확 사라지게 되지.

또 욕을 하면 대뇌에서 도파민이 급격히 활성화되고, 내인성 오피오이드가 분비되면서 편안함을 느끼는 상태가 반복돼. 이것을 ‘리워드 시스템’, 즉 중독 기전이라고 해.

욕을 자주 하면 습관이 되거나 중독될 수 있어. 도파민이 활성화되는 것뿐만 아니라, 문제는 코티졸도 함께 분비된다는 거야.

코티졸은 스트레스 상황에서 나오는 호르몬이야. 코티졸이 과다하게 분비되면 대뇌에서 가장 연약한 부분이 손상돼. 그러면 감정이 점점 메말라가지.

기쁜 일도 없고 한숨만 나오게 되는 거야. 감정이 건조해지고 무기력해지면서 면역체계에도 불균형이 생겨.

의사의 강의는 강한 울림을 주었다. 욕을 하면 안 되는 이유가
의학적으로 증명된 것이었다. 교실 안이 웅성거렸다.

"욕하지 마, 욕!"

"존나!"

"야, 이 씨발놈아! 욕하지 말라잖아!"

교실 여기저기에서 욕이 이어졌다. 실망스러웠지만, 울림은 그
때뿐이었다.

띵동댕동!

4교시 수업이 끝나자마자 급식실 앞에 줄이 길어졌다. 그렇지
만 윤지는 급식을 거르기 일쑤였다.

급식실에서 줄을 설 때마다 세리와 나나가 바로 뒤에 바짝 붙
었기 때문이다.

급식을 받고 자리에 앉으려 하면 세리와 나나가 맞은편이나 옆
자리를 차지했다.

마침 같은 반 수애가 윤지를 불렀다.

"윤지야! 나랑 먹자, 이리 와!"

수애 쪽으로 가려는 순간, 세리와 나나가 수애 옆과 맞은편을
차지하고, 수애 앞자리만 남겼다.

윤지는 급식 판을 둔 채 서둘러 나오기를 여러 번이었다.

그 상황은 반복되었다. 일부러 그러는 것이 분명했다.

선생님도 처음에는 몰랐다. 하지만 어느 날, 우연히 그 장면

을 본 것이다.

급식 줄에서 윤지 뒤에 바짝 붙어 서 있는 세리와 나나. 손가락으로 윤지를 찌르는 흉내를 내고 키득거리는 모습을 말이다.

선생님이 심각해져서 반장 은우에게 부탁을 했다고 한다.

"윤지랑 같이 점심 먹어줄래? 너도 윤지도 뭉쳐 다니지 않는 걸 알지만, 혼자 먹는 것보다는 둘이 낫지 않을까?"

이렇게 에둘러서 말한 뒤 윤지에게는 말하지 않았다.

다음 날 급식 줄에 섰는데 맨 뒤에 있던 은우가 윤지를 불렀다. 그때는 이미 세리와 나나가 중간쯤 서 있던 윤지 뒤에 재빠르게 붙어 선 뒤였다.

은우가 다시 윤지를 불렀다.

"황윤지! 나랑 먹자. 이리 와!"

은우의 손짓에 윤지는 맨 뒤에 있는 은우 쪽으로 갔다. 그런데 기막힌 일이 생겼다. 세리와 나나도 따라와 윤지 뒤에 서는 것이다. 중간 줄에 섰던 둘이 굳이 제일 뒤로 가서 설 이유가 없었다.

윤지는 그날 점심으로 먹은 것을 죄다 토했다. 한 번 위축되니 두려움이 커져 공포로 바뀌었다. 결국 화장실에 쭈그리고 앉아 울음을 터뜨렸다.

언젠가 유튜브를 봤다. 학교 폭력을 겪은 아이가 그 트라우마로 어른이 되어서도 힘들어하는 영상이었다. 트라우마는 지워지지 않는다고 했다. 예전에 겪은 일과 비슷한 상황을 겪으면 고스

란히 올라와 삶을 지배한다는 것이다. 학교 폭력 가해자 역시 직
장 폭력, 가정 폭력을 휘둘렀다. 대부분 악의 고리였다.

윤지는 아직 어렸다. 어린 피해자가 가해자들과 매일 부딪히는
것이다. 밥을 먹는 것조차 매일 견뎌내야 할 무수한 도전이라니.
너무 가혹했다.

04

위증과 화해

대여섯 번의 심리 상담이 끝나갈 때였다. 상담 선생님은 가해자 둘과 피해자를 함께 불렀다. 가해자 둘에게 형식적인 꾸중 뒤, 다짜고짜 화해를 종용했다.

"너희, 화해해라. 그렇지 않으면 일이 복잡해져."

제대로 된 상담은커녕 화해를 강요하다니. 그들과 마주 앉았던 몇 번의 시간이 윤지에게는 지옥과 같았는데 이걸로 끝인가?

"자, 세리와 나나는 윤지에게 사과하고 윤지는 그 사과를 받아들이면 되겠지?"

상담 선생님은 이미 계획이 있는 듯했다. 서명할 종이를 내밀었다. '사과한다.' '사과를 받아들인다.'라는 문장 옆 사인할 곳을 선생님이 손가락으로 짚었다. 거부할 수 없는 상황이었다. 윤지는 볼펜을 들었다. 사과를 받아들인다는 곳에 서명하며 분통이 터졌다. 그들에게 진심 어린 사과를 한마디도 듣지 못했기 때문이다. 가해를 솔직히 인정하고 진심으로 사과를 하는 것이 먼저

였다. 그것을 확인하는 것이 바로 서명이며 그것이 모든 일의 첫 순서 아닐까? 이것은 분명 강요이며, 은근한 협박이었다.

'위 클래스'에서 엄마들도 불렀다. 윤지 엄마는 잔뜩 긴장한 채 도착했다. 세리, 나나 엄마는 턱을 치켜든 채 삼십 분이나 늦게 왔다. 요란하게 명품을 감은 두 엄마는 뻔뻔할 만큼 당당했다.

"우리 애들을 왜 가해자라는 프레임을 씌우나요? 진술은 필요 없어요. 가해한 증거를 보여주세요! 증거 있어요?"

몹시 사납게 반발했다. 이런 모습은 처음이 아니었다. 며칠 전에는 세리와 나나 두 아버지까지 가세해서 교무실을 뒤집어 놓았다. 삿대질을 하며 교무실이 쩌렁쩌렁 울렸다. 마치 본보기라도 보여주겠다는 듯 작정한 모습으로 휘둘렀다. 선생님들 모두 사색이 될 정도로 격앙된 모습으로 퍼부었다.

"조용히 해주세요. 여기는 학생들이 공부하는 학교입니다."

제지하는 선생님에게는 더욱 고압적이었다. 특히 세리 엄마는 피해자 따위는 안중에도 없었다. 세리가 왜 아직도 상담을 받는지에 대해서만 분노하고 있었다. 세리 때문에 윤지가 얼마만큼의 피해를 입고 있는지는 모르는 것은 물론이고, 알고 싶어 하지도 않는 듯했다. 세리의 스토킹으로 윤지가 얼마나 두려워하는지, 외부 기관 상담까지 받는다는 사실에는 조금도 공감하지 않았다. 오히려 윤지에게 원인 제공자라고 말했다.

"윤지 걔가 심약하고, 사회성이 부족한 거죠!"

적반하장이었다.

"아이는 그 부모를 보며 자라는 법인데…."

선생님들은 혀를 끌끌 차며 그 자리를 피했다.

"다들 어디 갔어! 교장 오라고 해! 우리 애들이 왜 가해자인지 해명해! 선생들이 일을 왜 이따위로 해!"

목에 핏대를 세웠다. 그야말로 난동이었다. 그 난동은 교무실과 교장실을 지배했다.

그런 일이 있고 난 뒤 화해가 종용된 것이다.

'위 클래스' 상담 선생님은 가해자 엄마들에게도 서약서를 내밀었다.

"두 분, 생각 잘 하셔야 합니다. 반 아이들에게 따돌림을 당하던 세리에게 윤지가 손을 내밀었다가 오히려 스토킹을 당한 케이스예요. 나나는 나중에 합세했고요. 명백한 가해라고요.

윤지는 세리에게 자신이 도우미라고 생각했습니다. 단 한 번도 세리를 친구라고 생각한 적 없고, 친구로 사귈 마음도 없었습니다. 윤지는 1학년 때에도 마음에 병이 있던 급우를 돌봐 줬어요. 내내 짝을 자처하면서요. 사귈 생각으로 그랬을까요?

이번 세리 케이스도 마찬가지예요. 복도에서 울고 있던 세리를 그냥 지나치지 못했던 마음, 그 이상도 그 이하도 아니었습니다.

그런데 세리는 윤지에게 고마워하기는커녕 또 스토킹을 한 거잖아요. 같은 반 아이 스토킹 사태 후 툭하면 윤지를 찾아가 울고, 치근덕대고, 함께 해주길 원했지요.

처음 몇 번은 받아주고, 위로를 담아 편지도 써주고 했지만 이게 아니다 싶어서 윤지가 피할 땐 너무 늦어버렸지요. 더구나 세리는 '윤지 같은 모범생인 아이가 봐라, 내 친구다.'라는 과시도 있었던 것 같습니다.

세리를 따돌림 시켰다고 생각한 반 아이들에게 마치 선전포고를 하듯 말이죠. 어떻게 보면 세리에게 윤지는 가장 그럴듯한 무기였지 싶습니다. 그걸 세리 어머니는 배신이라고 표현하시네요. '윤지가 세리를 배신했다.' 이렇게요.

그런데 그건 세리를 통해 전달이 잘못된 것이라 생각됩니다. 더구나 이런 상황에 배신이라는 말은 어울리지 않습니다. 싫다고 하면 존중해줘야지요. 누군가 세리를 좋아하는데 세리가 싫다고 하면 배신인가요?

지금까지 세리에게 싫다고 표현하지 않은 게 아닙니다. 했지만 세리의 일방적인 애정 공세가 수그러들지 않아서 문제가 된 것이지요. 이렇게 공론화 되니 세리는 이제 분노의 형태로 윤지를 괴롭히는 것 같습니다. 한참 예민할 나이에 같은 반, 그 조그만 공간에서 스토킹이 얼마나 힘들겠습니까. 윤지만 보면 무서울 정도 차가운 눈으로 응시하거나 스쳐 지나가거나 하는 이런 형태를 보였다고 합니다.

어른들도 그런 상태면 위축되고, 두렵지 않겠어요?

설령 서로 좋은 관계였다고 변할 수 있습니다. 사람은 변한다는 것, 평범한 진실입니다. 이번 행위에 대해 반복적으로 상담을 하고, 감시를 해줘야 상처로 남지 않습니다. 공동체에서 자기의 호기심 또는 애정표현이 지나치게 타인에게 피해를 준다면 못하도록 가르쳐야 합니다. 타인에게 피해 주지 않는 방법으로 해결하는 가르침도 필요합니다. 그것이 바로 교육이라 생각합니다.”

엄한 지적에 순간 당황했을까? 뻣뻣하게 굳어 있던 두 엄마도 결국 마지못해 서명했다. 윤지 엄마는 떨리는 손을 간신히 참으며 속으로 외쳤다.

‘우리 아이가 장난감도 아니고, 갖고 논 값은 평생 치러야 하는 거잖아!’

하지만 엄마는 감정을 억눌렀다. 윤지의 부탁이 있었기 때문이다.

“엄마, 교사는 가르치는 직업이잖아. 공무원이기도 하고. 나 때문에 피해를 드리고 싶지 않아.”

윤지는 무릎이 후들거리면서도 애원했다. 자신의 고통보다 선생님들이 힘들어하는 걸 더 견디기 어려웠던 걸까. 어린 윤지의 이타심에 엄마는 눈물을 삼키며 어금니를 꽉 깨물었다.

서명의 의미는 학교폭력으로 진행하지 않고, 학교장 자체 해결로 마무리하겠다는 단 하나의 결정이었다. 가해자 엄마들은 이죽거리며 돌아갔다.

윤지가 교실로 돌아간 뒤 엄마는 운동장이 보이는 벤치에 앉았다. 윤지 엄마는 당당하게 난동을 부리는 가해자 엄마들 앞에서 눈치만 살폈다. 자식을 위해서라면 무슨 일이든 할 수 있다고 생각했지만, '나 때문에 피해를 드리고 싶지 않다.'는 윤지의 부탁 뒤에 숨은 것이다.

윤지의 모습은 마치 과거의 자신을 보는 것 같았다. 갈등 상황을 회피하고, 다른 사람의 감정을 먼저 생각하느라 자신의 목소리를 내지 못했던 어린 시절이었다. 엄마의 삶은 늘 타인을 배려하고 헌신하는 것이었다.

그렇게 살아온 엄마의 모습은 고스란히 딸 윤지에게 전해졌다. 선생님과 학교에 피해를 주는 것을 두려워하며, 자신의 고통보다 타인의 불편함을 먼저 걱정하는 윤지라니.

자신의 학업 피해보다 선생님의 입장을 먼저 생각하는 모습에서 엄마는 '착한 아이'라는 뿌리 깊은 그림자를 보았다. 가해자 아이들에게 당당하게 맞서지 못하고, 오히려 상황을 조용히 끝내려 애쓰는 윤지의 행동은 바로 엄마 자신이 겪었던 무력감의 되풀이였다. 엄마는 자신이 물려준 '착한 아이'가 윤지를 짓누르고 있다는 사실을 깨닫고, 억울함보다 더 큰 비통함에 휩싸였다.

당장 엄마는 윤지가 전학 갈 곳을 윤지 몰래 알아보기 시작했다. 심리치료를 병행하는 청소년 학교를 알아보고, 대안 중고등학교를 알아봤다. 생활기록부와 필요한 서류를 떼서 품에 안고, 이곳저곳 문을 두드렸다. 전학 가기 싫다는 윤지의 뜻을 더 이상 존중할 수 없었다.

가해자로부터 가장 먼 학교를 알아보는 데에만 온 신경을 쏟았다. 엄마 머릿속에는 오직 가해자와 윤지를 최대한 멀리 떨어뜨리는 것뿐이었다.

그것은 죽음에 대한 공포였다.

엄마에게 죽음은 열 살 무렵 사고로 아버지를 잃은 뒤로 늘 불안의 그림자처럼 따라붙었다. 세상에서 가장 안전하고 든든했던 존재가 한순간에 사라지는 경험은, 삶이 얼마나 쉽게 부서질 수 있는지 각인시켰다. 그 이후로 엄마는 모든 불행의 끝에 죽음이 기다리고 있다고 생각했다. 작은 위협조차도 종착역은 '죽음'이었다.

그런 엄마에게 딸 윤지가 겪는 학교 폭력은 단순한 괴롭힘이 아니었다. 그것은 윤지를 짓누르고, 숨 막히게 하고, 결국 삶의 불꽃을 꺼뜨릴 수도 있는 거대한 위협이었다.

윤지의 무기력한 눈빛, 밥을 토하고 울던 모습, 홀로 외로워하던 그 모든 순간들이 엄마에게는 죽음의 전조처럼 느껴졌다. 사랑하는 딸을 잃을지도 모른다는 공포. 어린 시절 아버지를 잃었던 그때처럼, 자신의 손을 떠나버릴 것만 같은 막연한 불안이 엄마의 심장을 조였을 것이다.

　엄마는 이 공포에서 벗어나기 위해 필사적이었다. 학교폭력의 해결이나 가해 학생의 처벌 같은 복잡한 문제들은 더 이상 중요하지 않았다. 그런 것들은 죽음이라는 거대한 그림자 앞에서 아무 의미 없는 사소한 것들이었다. 오직 윤지를, 자신의 사랑하는 아이를 그 위험으로부터 격리시키는 그것만이 엄마에게 주어진 유일한 과제이자, 지키고 싶은 전부였다.

　사막에서 낙타는 시속 64km로 달릴 수 있다. 그러나 쉽게 달리지 않는 이유는 체온이 올라가면 죽기 때문이다.

　그런데도 낙타가 전속력으로 뛸 때가 있다.

　제 새끼를 도둑맞을 때다.

　사람들이 차에 싣고 달아날 때다.

　그런 상황에서도 모순점이 있었다. 윤지 엄마는 가해 아이들을 미워하지 않는다고 되뇌었다. 처벌만이 능사가 아니라, 어른들이 아이들을 잘 가르쳐야 한다는 말을 줄곧 내세웠다.

　그것은 가해자 부모들처럼 핏대를 세우고 싸우지 못하는 자신의 무력감을 숨기려는 방어였다. '착한 아이'로서 옳다고 믿는 방식으로 문제를 해결하려는, 자기 자신을 향한 변명이었다. 동시에 이런 이상적인 말을 내세우면서 윤지에게 '엄마는 너를 위해 이렇게 노력하고 있어.'라고 말하고 싶은 심리 같기도 했다.

　어쩌면 엄마 자신의 공포에서 벗어나려는 몸부림 아닐까?

그런 엄마를 본 윤지는 복잡한 감정이 되었다.

이 사태를 조용히 수습하기를 원하기도 했지만 한편으론 윤지를 위해 엄마가 핏대를 세워주길 바랐는지도 모른다.

알 수 없는 쓸쓸함이 윤지 가슴을 채웠다.

다음 날 오후, 윤지 부모님도 교무실을 찾았다. 학년 주임 선생님과의 첫 만남이었다. 교무실 한쪽 응접탁자를 사이에 두고 긴 소파에 마주 앉았다.

"아이들끼리 우발적으로 벌어진 일이라면 그 선에서 마무리할 수 있습니다. 하지만 지속적이고 의도적인 폭력이었다면 선을 넘은 것입니다. 윤지에게 들은 내용은 그렇습니다. 네 아이, 내 아이를 떠나 학교 차원에서 대응해야 하지 않을까요?"

윤지 아빠가 먼저 입을 열었다. 학년 주임 선생님이 말을 이었다.

"윤지는 저도 그렇고, 선생님들 모두 칭찬하는 학생입니다. 모범생에 우등생, 게다가 방송반도 성실히 이끌고 있죠. 가해자들은 윤지라는 다이아몬드 같은 친구를 잃은 벌을 받은 겁니다. 돼지 목에 진주 목걸이랄까요. 보석을 놓쳐버렸어요. 이제 윤지 같은 멋진 친구를 다시는 만날 수 없을 겁니다."

동문서답이었다. 의도적으로 답을 피하는 눈치였다. 창으로 들어온 햇살이 탁자 위에 길게 드리웠다. 무기력한 날개를 내려놓은 듯했다.

부모님도 학교폭력위원회를 먼저 언급하지 않았다.

아빠도 윤지의 의사를 존중했기 때문이었다.

"아빠, 안 돼! 알았지?"

등교하면서도 윤지는 강경한 태도를 보였다. 일이 커지는 것을 원하지 않았다. 끝까지 원하지 않았던 이유가 있었다.

초등학교 때 학교폭력위원회가 열린 뒤 몇 년 동안 법원을 오가던 친구를 봤기 때문이다. 그 친구 부모들까지도 지쳐갔다. 형사와 민사까지 끝없는 싸움이었다. 패자만이 싸움을 멈춘다는 말처럼, 모두가 버티고 살아남기 위해 싸웠다.

싸움은 엎치락뒤치락 반복되었다. 피해자가 억울함을 밝히려 하면, 가해자도 억울하다며 맞섰다. 가해자에게 전학을 가라고 했을 때 가해자가 법원에 이의 신청을 해버리면 답이 없었다.

교사는 수사권도 사법권도 없는 교육자였기에 직접적으로 해줄 수 있는 일이 없었다. 시비는 끝이 없었다. 가해자들의 잔머리와 꼼수는 혀를 내두를 정도였다. 참새도 자기들끼리 싸울 때는 독수리와 다름없다 했던가.

윤지는 절레절레 고개를 저었다.

차라리 견디는 것을 선택했다. 자신만 견디면 된다고 생각했다.

05
학교를 삭제하시겠습니까?

윤지의 전학은 쉽게 결정할 수 없었다. 전학 이야기를 꺼낼 때마다 윤지는 펄쩍 뛰었다.

"내가 피해자인데 왜 내가 가? 방송반도 정들었고, 좋은 선생님들도 떠나기 싫어. 게다가 교과서와 진도도 다를 텐데, 내가 왜 가야 해?"

윤지는 단호하게 도리질 쳤다. 그런 윤지를 보며 아빠는 나지막하게 말했다.

"윤지야, 길을 가다 거대한 장애물이 나타나면 어떻게 할까? 가서 수없이 부딪힐까, 아니면 다른 길을 찾아볼까? 이럴 땐 발걸음을 돌려서 새로운 길을 찾는 것도 방법이야. 가장 중요한 건 네가 지치지 않는 거야. 네가 더 행복해질 방법을 찾는 거야."

아빠의 중저음 목소리는 따뜻했다. 윤지는 툭툭 떨어지는 눈물을 내버려 둔 채 고개를 천천히 끄덕였다.

그래서 마련한 타협안은 윤지가 반을 옮기는 것이었다. 보통 가해자가 반을 옮기지만 피해자인 윤지가 옮기기로 한 것이다.

학기 내에 반을 옮길 수 없지만 그나마 학교에서 조치를 취해 줬다.

아침 조례가 끝나자 윤지는 책상 하나를 달랑 들고 복도를 걸었다. 2층 왼쪽 끝 2학년 1반에서 2층 오른쪽 끝에 있는 5반으로.

묵직한 책상을 든 야윈 윤지의 발걸음은 천근만근이었다. 발을 뗄 때마다 온몸의 뼈가 삐걱거리는 기분이었다.

복도에 나왔던 아이들과 교실에서 내다보던 아이들이 모두 쑥덕거렸다.

"쟤, 뭐야? 뭐지?"

"반을 왜 옮겨? 무슨 일 있어?"

학기 중에 교실을 옮기는 일은 드물었기에, 모든 시선이 윤지에게 쏠렸다. 윤지는 그 시선들이 수십 개의 바늘이 되어 온몸을 찌르는 듯했다.

그때였다. 복도에 나온 세리와 나나가 손가락으로 윤지를 가리키며 히죽거렸다. 둘은 '병신'이라는 입 모양을 만들었다.

그 순간 윤지는 숨이 쉬어지지 않았다. 숨통이 조여 왔다. 하얗게 질린 얼굴을 숙인 채 5반을 향했다.

그 순간 무언가 잘못되었다는 느낌이 들었다. 상식적으로 반을 옮겨야 하는 건 가해자였다. 그런데 피해자인 윤지가 반을 옮기게 되었다. 그로 인해 아이들 사이에서는 '윤지가 뭔가 큰 잘못을 해서 반을 옮기게 된 것 아닐까' 하는 오해의 소지가 생길 수 있었다.

사실은 왜곡될 수 있는 것이다.

윤지가 반을 바꾼 일에 대해 1반 선생님이 해명을 했어야 했다. 자세한 건 너무 긴 얘기고 짧게라도 해줘야 했다.

"윤지가 다른 반으로 가게 됐어. 세리와 나나가 윤지를 괴롭혔고, 윤지가 힘들었어. 심리 상담으로 끝내고 학교폭력위원회는 열지 않았어. 대신 윤지가 요청해서 다른 반으로 가게 되었어."

적어도 윤지가 책상을 들고 나오기 전까지는 했어야 할 말이다.

"윤지는 학교폭력 피해자다. 가해자와 함께 1반에 있으면 화병이 생길 것 같아서 우리 반으로 왔다. 그러니 너희들이 잘 대해줬으면 해."

이 말 또한 5반 담임 선생님이 설명해줘야 했다. 오히려 학교에서 슬쩍 넘어가고, 쉬쉬거리면 아이들은 미스터리고 시크리트다.

해명은 치사한 일이 아니다. 오히려 오해를 막고 최소한의 보호를 하는 방법인 것이다.

아빠와 엄마도 학교에 요청했다. 세리와 나나의 이름을 실명으로 거론해달라고 몇 번이나. 하지만 학교는 곤란하다며 거절했다. 학교폭력위원회를 열지 않았기 때문에 공식적으로 가해자와 피해자가 아니라는 것이다.

윤지의 가족은 절차를 몰랐다. 실명을 공개하려면 정식으로 학교폭력위원회를 열자고 요구해야 하는 상황이었다.

"정말 안 된다면, 학교폭력위원회 소집을 요청하겠습니다. 그런 일이 없기를 바라지만요. 지금이라도 우리 아이가 반을 옮긴 이유를 정확히 설명해 주세요. 숨기는 것처럼 보여서는 안 됩니다.

세리와 나나의 이름도 실명으로 거론해 주세요. 학기 중간에 반을 옮겼는데 아이들이 이상하게 생각하지 않겠어요? 지금 소문은 우리 아이가 가해자인 것처럼 돌고 있습니다. 보통 피해자가 반을 옮기는 경우는 드문 일이잖아요. 이 정도 양보를 했으면, 학교도 최소한의 요구는 들어줄 줄 알았습니다."

윤지의 부모님은 서운한 마음을 드러냈지만, 상황을 바꾸기는 어려웠다. 가해 아이들을 배려한 선택이 결국 윤지 가족을 옭아매는 족쇄가 된 것이다. 오롯이 윤지 편만 되어주지 못한 죄책감이 윤지 부모님의 마음을 무겁게 눌렀다. 많은 선량한 사람들이 그렇듯, 옳다고 믿었던 선택이 오히려 상처로 돌아간 것이다.

더 이상 시끄럽지 않기를 바라는 교장은 윤지의 부모님을 따로 불렀다.

"내년이면 저도 정년퇴직입니다. 윤지도 내년이면 3학년이 되지요? 굳이 들춰서 득 될 게 없지 않겠습니까?"

교장은 세상 너그러운 표정을 지으며 말했다. 기름기로 번들거리는 얼굴에 선량한 웃음을 채웠다. 윤지의 부모는 묵묵히 교장의 얼굴을 바라보았다. 어쩌면 침묵이 가장 강한 항의였을지도 모른다.

5반은 과목 시스템이 달랐다. 1반에서 4반까지는 같은 학과 선생님들이 가르쳤지만, 5반만 다른 선생님들이 배정되었다. 특히 수학은 진도 차이가 컸다. 1반보다 두어 단원이 앞서 있었다. 학원을 다니며 선행을 하지 않던 윤지는 따라잡기 쉽지 않았다.

방법이 없으니 참고서를 찾아보며 혼자 공부했다. 이해가 되지 않는 부분이 있으면 과목 선생님을 찾아가 물었다. 그렇게 노력한 덕분에 기말고사는 우수한 성적으로 마무리했다.

윤지는 피해자였다. 그런데 반을 바꾼 건 가해자가 아니라 윤지였다. 그 박탈감과 비통함, 분노는 윤지의 마음을 갉아먹었다. 그 감정들은 윤지를 공부로 몰아넣었다.

낯선 친구들 사이에서 윤지는 어색했고, 점점 더 예민해졌다. 겉으로는 나아진 것처럼 보였지만, 사실은 아니었다. 윤지는 점점 말라갔고, 정신은 피폐해져 갔다.

'그래도 어떡해. 죽을 순 없잖아. 살아야 하잖아. 죽기 무섭다고!'

두 눈 질끈 감고 이 악물고 버텼다.

06

신기루

루이가 돌아왔다. 루이는 초등학교 6학년 때 윤지의 아토피와 비염 때문에 사촌 오빠 집으로 보냈던 강아지였다.

루이를 끌어안은 채 윤지는 오랫동안 루이 냄새를 맡았다.

'혼자라고 느껴질 때도 넌 혼자가 아니야.'

루이가 속삭이는 것만 같았다.

때마침 여름방학이 되었다. 엄마는 우연히 방학 캠프 전단지를 본 것이다. '자기주도 학습 캠프'라는 제목이 눈에 들어왔을까?

"새로운 환경에서 분위기를 좀 바꿔보는 건 어때?"

엄마는 조심스럽게 윤지의 의사를 물었다. 그 캠프는 일정 기간 동안 합숙하며 공부 습관을 기르는 프로그램이었다.

자기주도 학습이라니. 윤지는 속으로 생각했다. 충분히 자기주도 학습을 해왔던 윤지였다.

솔직히 가지 않아도 되는 캠프였다. 하지만 윤지는 가겠다고 했다. 낯선 환경에서 익숙한 풍경과 상황을 잠시라도 잊고 싶었다. 그런데 아차, 생각지 못한 문제가 있었다. 바로 캠프 비용이었다.

엄마는 캠프 비용을 마련하기 위해 적금을 해약했다. 윤지는 마음이 불편했다. 무엇을 하든 대가를 치러야 하지만, 이번엔 엄마가 너무 많은 것을 희생한 것 같았다. 엄마가 작아진 듯 느껴졌다.

아마도 윤지에게 닥친 일을 자책하고 있었던 것 같았다.

'엄마와 세리는 어딘가 닮았어.'

윤지는 문득 생각했다. 엄마는 성격이 급하고 독선적이었다. 하지만 동시에 마음이 약하고 선하며, 눈물도 많았다. 그 강함과 여림 사이에서 윤지는 때때로 숨이 막혔다. 차분하고 조용한 성격을 가진 자신과는 정반대였다. 아빠를 닮아 거북함을 삼키는 성격이었기에, 엄마의 직설적인 말투와 강한 추진력은 때론 벅차게 느껴졌다. 어릴 때부터 엄마는 윤지에게 두려움의 대상이기도 했다.

하지만 엄마는 그냥 엄마였다. 때론 숨이 막히고 벅찼지만, 그래도 엄마였다.

윤지는 서둘러 캐리어를 챙겨 캠프에 합류했다.

그런데 절망했다. 그곳에서 같은 반 아이를 만나게 될 줄이야.

그 아이만 없었더라면 상황이 조금 나아질 수도 있었을까?

악몽에서 겨우 벗어나 도착한 캠프에서, 자신의 사건을 알고 있는 급우를 만난다는 건 절망 그 자체였다.

며칠 뒤, 캠프 담임 선생님이 엄마에게 편지를 보냈다.

윤지 어머님께

윤지가 캠프 초반에는 많이 무기력해 보였고, 혼자 있는 시간이 많아 걱정이 되었습니다. 그래서 윤지와 상담을 진행한 후, 부담임 선생님과 함께 윤지를 지도하기로 했습니다.

윤지가 친구들과 자연스럽게 어울릴 수 있도록 반 친구들에게 각자 역할을 부여했고, 윤지는 '블루스티커를 합산하는 역할'을 맡게 되었습니다. 친구들에게 스티커 개수를 물어보며 간단한 대화를 나눌 수 있고, 저와도 소통할 기회를 가질 수 있을 거라 생각했습니다.

룸메이트는 밝고 활발한 성격의 학생입니다. 내성적인 윤지가 부담스러워할 수도 있지만, 마음을 열면 좋은 친구가 될 가능성이 충분하다고 봅니다.

다행히 윤지는 조금씩 밝아지고 있으며, 친구들과도 대화를 나누는 모습이 보입니다. 하지만 식사량이 적어 걱정이 됩니다. 끼니를 거르지는 않지만, 가끔 죽으로 때우는 모습이 안쓰럽습니다. 그래도 아이들과 함께 식사 자리에 있어 주는 것만으로도 감사하게 생각하고 있습니다.

또한, 윤지와 같은 반이었던 친구가 같은 캠프에 있습니다. 그 아이는 윤지를 특별히 의식하지 않는 듯하지만, 윤지는 여전히 긴장하고 경직된 모습을 보입니다. 윤지가 아픔에서 벗어나 반 친구들과 함께 웃고 어울릴 수 있도록 최선을 다하겠습니다.

편지를 받은 엄마는 가슴을 쳤다.

"내 탓이야."

엄마는 편지를 읽으며 가슴을 쳤다.

"윤지 일이라면 무슨 일이든 노심초사했어. 큰일이라도 난 것처럼 호들갑을 떨었지. 윤지보다 내가 더 혼란에 빠져 허우적거렸어. 문제를 더 키운 적도 많았어."

이것은 단순히 자책이 아니었다. 불안정하고 혼란스러운 자신의 내면을 처음으로 직시하는 순간이었다. 어린 시절부터 늘 '죽음'과 '상실'의 불안을 안고 살아온 엄마는, 윤지의 고통을 보며 그 불안이 극에 달했던 것이다.

딸의 문제를 객관적으로 바라보지 못하고, 자신의 불안을 투사하여 '사고라도 날까', '죽을지도 모른다.'는 극단적인 생각에 갇혔다. 엄마가 보기에 윤지의 모든 어려움은 곧 죽음으로 이어질 수 있는 위험 신호였고, 그 공포 때문에 엄마는 늘 과잉보호를 했다.

"아이를 보호한답시고 내가 나서서 해결하려 했어. 덤덤하게, 차분히 기다려 주고 지지해 줬어야 했는데 그러질 못했어. 너무 안달했어."

엄마는 그동안의 행동이 딸을 위한 것이 아니라, 자신의 불안을 해소하기 위한 것이었음을 깨달았다. '내가 어떻게든 보호해야 한다.'는 강박은 윤지가 스스로 문제를 해결하고 어른으로 성장할 기회까지 뺏은 것이다. 이는 윤지에게 '착한 아이'라는 굴레를 씌운 자신의 심리를 그대로 답습시키는 결과를 초래했다.

"아이 스스로 문제를 해결할 능력을 인정하고, 존중하고, 믿어줘야 했는데… 그러질 못했어."

엄마의 어깨가 통곡으로 들썩였다. 두 손으로 얼굴을 감싸 쥐고 꺽꺽거렸다. 한숨과 후회가 뒤섞인 울음이었다. 모든 걸 바로잡고 싶었지만, 이미 흘러간 시간은 붙잡을 수 없었다. 이 순간 엄마의 비통함은 과거의 자신과 현재의 윤지 모두에게 투사된 감정이었다.

아빠는 그런 엄마의 어깨를 다독이며 말했다.

"그래, 여보. 지금 이 시간이 윤지에겐 괴롭고 힘들겠지만, 우리 아이가 성장할 기회가 될 거야. 윤지가 더 강인해질 수 있는, 어쩌면 신의 선물일지도 몰라."

아빠의 말은 엄마의 불안을 객관적인 시선으로 바라보게 했다. 평생 갈망했던 안정감이었다. 그 안정감을 주는 아빠의 침착한 말과 따뜻한 온기가 엄마의 가슴에 스며들었다. 덕분에 헝클어졌던 마음이 조금씩 진정되었다. 이제야 엄마는 윤지의 문제를 온전히 윤지 자신의 것으로 인정했다. 더 이상 자신의 불안으로 딸을 옭아매지 않아야 함을 비로소 깨달은 것이다.

다음 날, 전화벨이 울렸다. 낯선 번호였다. 엄마는 직감적으로 불길한 예감을 느꼈다. 떨리는 손으로 전화를 받자, 캠프 측에서 윤지의 상태가 좋지 않다고 알렸다.

윤지는 기력이 너무 쇠약해져 더 이상 캠프 일정을 소화하기 어려운 상태였다. 담당 교사의 목소리는 조심스러웠지만 단호했다. 퇴소를 권유하는 말이 현실로 다가오자, 엄마는 순간 멍해졌다.

엄마는 전화를 끊고 아빠를 바라보았다. 두 사람은 말없이 서로의 얼굴을 읽었다. 곧장 짐을 챙기고 캠프 측에 퇴소를 요청했다. 차를 몰고 가는 동안, 엄마의 손은 핸들을 쥔 채 하얗게 굳어 있었다.

성실한 윤지는 자책했다.

"내가 왜 끝까지 해내지 못했을까?"

자신을 책망하는 윤지를 엄마가 꼭 끌어안았다.

"괜찮아, 안 괜찮아도 괜찮아."

엄마의 목소리는 따뜻했다. 품속에서 들리는 심장 소리도 편안했다.

윤지는 엄마의 품이 낯설게 느껴졌다. 항상 단호하고 강했던 사람이 이렇게 부드러울 수도 있구나. 차가운 바람 속에서도 따뜻한 온기를 품고 있는 담요처럼, 엄마는 자신을 감싸주고 있었다. 윤지는 눈을 감았다. 어릴 적 아플 때 엄마 품에 안겨 있던 기억이 떠올랐다. 그때도 이랬던 걸까? 따뜻한 숨결, 고른 심장 소리, 등을 토닥이는 손길이며…. 그제야 엄마가 무섭지 않다고, 엄마가 있어 다행이라고 느꼈다.

'죽지 않았구나. 나, 살아 있구나.'

윤지는 캠프 안에서 가지고 간 약을 입안에 다 털어 넣은 건 비밀로 해두었다.

다음 날, 엄마와 함께 심리상담소를 찾았다. 학교 '위 클래스'에서 연결해 준 곳이었다. 몇 시간 동안 다양한 검사를 받았다. 윤지를 내담자라고 칭한 검사 결과는 예상했던 대로였다.

- 검사 결과 보고서 -

내담자는 정서적으로 우울과 불안, 무기력감이 두드러지며, 내재된 분노가 큰 것으로 나타났습니다.

또한 만성화된 스트레스로 인해 심리적 고통이 상당하며, 자해 사고의 위험도 상승된 상태입니다.

내담자는 친구들의 괴롭힘으로 피해 의식이 높아져 있으며, 대인관계 및 학교생활 적응에 어려움을 겪고 있는 것으로 보입니다. 억울함과 분노를 느끼면서도 소외감과 외로움을 동시에 경험하고 있습니다.

내담자는 의지할 대상을 필요로 하고 있지만, 타인에 대한 불신이 커서 이런 역할을 해줄 실질적인 대상이 없다고 느끼고 있습니다.

이로 인해 더욱 위축되고 고립감을 느끼며 자신에 대한 손상감과 불안 정감이 상당합니다. 자존감이 낮고 심리적으로 위축된 상태입니다. 따라서 우울 및 불안감을 감소시키기 위한 치료적 개입이 필요합니다. 치료를 통해 내담자가 분노와 억울함 같은 부정적인 정서를 적절히 조율하고 표현하도록 돕고, 긍정적인 자기상을 회복할 수 있도록 해야 합니다.

더불어 안정적인 신뢰 관계를 형성하는 능력과 고통을 감내하는 능력을 증진시켜야 합니다. 피해감이 높아져 있으므로 주의 깊은 관찰이 필요합니다. 또한 부모 교육을 통해 안정적인 가정환경을 조성하고, 내담자의 마음과 감정을 이해하며 공감하고 수용하려는 노력이 요구됩니다.

보고서를 읽은 엄마는 상담을 받기로 결심했다. 막막했지만 손 놓고 있을 순 없었다. 윤지를 위해서라면 무엇이든 해야 했다.

'내가 변해야 윤지가 살아. 나를 통해 윤지가 영향을 받았을지 몰라.'

엄마는 상담실 문을 열며 스스로를 다독였다.

상담을 받는 동안 엄마는 부모 교육과 관련된 책을 추천받았다. 엄마는 중요한 내용들을 노트에 적어 가며, 하나라도 놓치지 않으려 애썼다.

윤지 입장에서 생각하고, 좋은 부모의 모습을 가슴에 새겼다. 밤이면 책장을 넘기며 스스로를 돌아봤다. 하지만 책 속 문장들이 때때로 가슴을 후벼 팠다.

‘나는 지금까지 윤지를 얼마나 힘들게 했을까?’

그런 생각이 들 때마다 한숨이 깊어졌다. 어느 날, 윤지를 바라보며 말했다.

“엄마도, 내 엄마도 부모 교육을 받아본 적이 없었어. 그래서 이렇게 시행착오를 겪었나 봐. 미안해, 윤지야.”

엄마는 윤지의 손을 꼭 잡았다.

“정말 미안해. 널 보호해 준답시고 오히려 상처만 줬어. 이 못난 엉터리 엄마가….”

엄마는 자꾸만 사과했다. 윤지를 향한 미안함이 끝없이 밀려오는 파도 같았다. 후회와 다짐이 뒤섞인 파도였다. 윤지는 말없이 엄마를 바라봤다. 무섭기만 했던 엄마가 어쩐지 애처로워 보였다.

방학이 끝난 뒤에도 윤지는 두어 달 동안 상담을 계속 다녔다.

그러던 어느 날, 사달이 났다.

윤지가 상담을 거부했는데 상담사 때문이었다.

그 상담사는 갓 자격증을 딴 젊은 여자였는데 상담 중 믿기 힘든 말을 했다.

“이 학폭, 네게도 잘못이 있어.”

순간 윤지는 자신의 귀를 의심했다. 잘못 들은 게 아닐까 미간을 좁혔지만 상담사의 표정은 단호했다.

어이가 없던 윤지는 비척거리며 상담실을 나왔다.

그날 이후 상담은 더 이상 의미를 잃었다. 간신히 붙잡고 있던 세상을 놓고 윤지는 더 깊은 불신으로 빠져들었다.

방학이 끝나기 2주 전부터 윤지는 우울함에 휩싸였다.

'어쩌지? 개학하면 어쩌지?'

불안감이 윤지를 짓눌렀다. 음습하고 음산한 기운이 스멀스멀 파고들었다.

방학 마지막 날 시계 소리는 숨통을 조여 오는 올가미 같았다.

ⓞ7
출구 없는 터널

개학날 아침, 윤지는 책가방을 챙겼다.

하지만 마음은 메마른 황무지처럼 텅 비어 있었다. 발걸음은 돌덩이를 매단 듯 무거웠다.

윤지에게 학교는 지옥이 되어버렸다.

윤지가 학교로 가던 시간, 청소를 하던 엄마가 "악!" 외마디 비명을 지르며 그 자리에 주저앉았다.

윤지의 방에서 메모를 발견했기 때문이다.

'죽고 싶다.'

메모에는 어떻게 죽어야 할지 방법까지 적혀 있었다.

엄마는 얼어붙은 손으로 메모를 쥔 채 한동안 움직이지 못했다. 심장이 내려앉는 충격에 숨이 막혀왔다. 정신을 차리자마자 핸드폰을 붙잡고 정신없이 병원을 찾기 시작했다.

"여긴 예약이 꽉 찼다고요? 그럼 당장 진료 볼 수 있는 곳은 어디인가요?"

“정신과, 빨리… 아이가 위험해요.”

엄마는 전화기를 붙들고 울먹이며 사정했다. 제정신이 아니었다. 정신없이 전화를 돌리고, 손이 떨려 번호를 제대로 누르지 못했다. 몇 번이고 끊어지고 다시 걸기를 반복했다.

엄마의 간절한 목소리에 의료진도 결국 마음을 움직였다. 이미 예약이 꽉 찼지만, 시간을 쪼개어 진료를 볼 수 있도록 배려해 주었다. 엄마는 울먹이며 연신 감사를 전한 뒤, 지하주차장으로 달려 내려갔다.

자동차에 시동을 걸며

“엄마, 엄마!”

엄마가 입속말로 엄마를 찾았다.

도로로 나온 엄마는 금세 윤지를 찾았다. 다리를 질질 끌며 등교하던 윤지를 발견한 것이다. 엄마는 윤지 앞으로 차를 세운 뒤 창문을 내렸다.

“얼른 윤지야, 얼른 타!”

영문을 모르던 윤지는 차에 올랐고, 엄마는 곧장 병원으로 향했다. 가는 동안 내내 둘은 아무 말도 하지 않았다.

병원에 도착하자마자 윤지는 오랜 시간 여러 가지 검사를 받았다. 검사 결과를 살펴보던 의사가 윤지를 바라보았다. 마치 윤지를 꿰뚫는 듯 예리한 눈빛이었다. 윤지는 그 눈빛을 응시했지만 텅 비어 있었다.

정신과 선생님 시선이 보호자인 엄마에게 향했다.

"윤지는 자기 일 똑바로 하고, 공부 잘하고, 성실하고, 학습 이해력, 사고력, 인지력, 똑똑한 건 말할 것도 없고 검사 결과를 보면 두 번 언급할 필요가 없어요.

그러나 관계에서 갈등을 다루는데 취약점이 있어요. 이번 검사에서 극명하게 알게 되었는데 갈등에서 관계를 다루는 부분을 도와줘야 해요. 한 살이라도 어릴 때 알게 된 건 다행이에요.

윤지를 그릇으로 치면 아주 잘 발달되어 있는 그릇입니다. 그릇도 크고, 구멍도 없고, 옥토에 아주 좋은 그릇인데 뭐가 와서 닿으면 금이 잘 가는 그릇이에요. 살면서 인간관계의 갈등을 피할 순 없으니 이런 그릇으로는 윤지의 좋은 점이 다 새어 나갈 수 있어요.

윤지 스스로가 균형 있게 잘 발달되게 초점을 맞춰야 해요. 윤지 자신이 인간관계를 다루는 것에 있어서 되돌아봐야 할 문제예요. 취약점이 있어요. 거절을 잘 못해요. 인간이 가질 수 있는 너무나 당연한 감정 중에 부정적 감정이 있거든요. 싫은 건 싫다고 느껴지는 것. 자연스런 부정적 감정을 다 부인해요. 문제예요.

밑면에는 지나치게 이타적이에요. 종국에는 이타적이지만 결국 센터에는 '나'여야 하거든요. 겉으로 보기엔 평화적인 것과 진정으로 이해되어서 평화적인 건 다르죠.

윤지는 과도하게 참고 견뎌내요. 개념적 이타예요. 자연스럽게 이해되어서 참아지고 견디는 게 아니라 프레임은 딱 맞는데 안은 비었어요.

잘못하면 와르르 무너져요. 과도하게 감내해요. 부당하게 느끼기보다는 항거하고, 교정하기 위해서는 부딪혀야 하는데 참고 견디는 게 더 수월하다고 느끼는 거예요.

상대가 심하다 그러면 얘기를 해야 하는데 윤지는 그것과 직면해서 해결하려고 하는 것보다는 피해요. 겉으로 보기엔 평화롭고 원만한 것이지만 진정으로 이해하는 게 아니라 피해버리는 거예요. 자기를 핵심으로 채우고 확장이 이루어져야 하는데 그걸 나쁘게 받아들여요. '싫어요!'를 '질이 낮고 좋지 않은 사람'이라는 개념을 가지고 있어요. 지금도 그 표현을 세리와 패거리에게 직접 못하겠다고 하잖아요. 무서워서 우회적 표현을 해요.

윤지가 이번 기회를 통해서 극복하고 넘어가야 해요. 도와줘야 하고요. 윤지가 겉으론 독립적이지만 필요할 때 힘들다는 요청을 못해요. 그건 가상의 독립이에요.

뭐든 혼자 해결하려고 들고요. 미안해해요. 수치심을 갖고요. 어른들이 잘 도와줘야 해요."

선생님의 말은 강력한 주문이었다.

윤지는 선생님이 마치 자신을 꿰뚫어 보고 있는 것 같았다. 그

동안 감추고 싶었던 감정들이 모두 드러나는 순간 한편으로는 시원했다. '맞아, 나는 어떻게든 내가 해결하려 했어. 거절하기 미안해서.'

윤지는 긴장으로 뻣뻣해졌던 몸을 가만히 놓아주었다.

병원을 나왔다. 비상시에 먹을 약을 처방 받은 것이다. 처방전에 쓰인 낯선 약들이 윤지와 어색하게 조우했다.

처방 목록:

10/14: 푸록틴캅셀 10mg, 로라반정 0.5mg, 알프람정 0.25mg

10/20: 로라반정 0.5mg, 렉사프로정 5mg

10/27, 11/3, 11/10: 로라반정 0.5mg, 렉사프로정 5mg

11/24: 로라반정 0.5mg, 렉사프로정 10mg

12/4: 로라반정 0.5mg

엄마가 처방전을 들고 약국에 들어간 동안 윤지는 밖에서 엄마를 바라보았다. 약을 받고, 가방에 넣다가 떨어트리는 엄마, 허겁지겁 주워서 약 봉투를 옷에 닦는 엄마를 보며 울컥 눈물이 솟구쳤다.

'엄마, 살려줘. 나 좀 살려줘! 약을 먹으면 괜찮아질까? 응? 응? 아니, 이 회색빛 감정들이 사라질까?'

다시 아이가 되어 엄마한테 매달리고 싶었다.

약을 먹으며 며칠이 흘렀을까? 약은 강력한 죽음의 신호를 잠 재우는 대신, 윤지를 깊고 축축한 땅속으로 질질 끌고 다녔다. 어떤 날은 공기 한 모금 삼키는 것조차 버거웠다. 견뎌야 한다고, 곧 지나갈 거라고 되뇌었지만 머릿속은 온통 희뿌연 안개로 가득 찼다. 밤이면 불안과 공허가 집어삼킬 듯 몰려왔다. 사방은 깊이를 알 수 없는 수렁뿐이었다.

문득, 바다와 민물을 넘나들며 악착같이 살아내는 연어가 부러웠다. 메마른 바위틈에서도 비틀린 몸으로 기어코 뿌리를 내리는 나무도 경이로웠다. 날개를 다쳐도 도시의 차가운 바닥을 절뚝이며 먹이를 구하는 비둘기도 대견했지만 그때뿐이었다.

며칠 뒤, 윤지는 천천히 커터 칼을 들었다. 싸늘한 감촉이 손목을 스쳤다. 순간 가느다란 붉은 실 한 가닥이 걸쳐졌다. 더불어 아릿한 통증이 느껴졌지만, 동시에 고통이 공허함을 밀어내는 듯했다. 더 깊이 그어볼까. 더 아프게, 더 확실하게.

하지만 손이 떨렸다. 끝내 그러지 못하고 칼을 내려놓았다. 손목을 내려다보았다. 마치 한 줄, 붉은 낙인처럼 보였다.

며칠 뒤에는 방송반 마이크 줄을 목에 감아보기도 했다. 천천히 조여드는 감각에 숨이 막혔다. 폐가 수축하며 몸부림쳤다. 알 수 없는 공포가 파도처럼 몰려왔다. 허겁지겁 줄을 풀어냈다. 심장이 터질 듯 격렬하게 뛰었다.

또 다른 날에는 락스 통을 들었다. 이 독한 액체를 단숨에 삼키면 모든 두려움이 끝날까?

병뚜껑을 열자 강한 화학 약품 냄새가 코를 찔렀다. 손이 덜덜 떨렸다. 통을 내려놓자 구역질이 밀려왔다. 죽음에 대한 본능적인 거부감이 온몸을 덮었다.

'죽고 싶은 거 맞아? 아니면 간절히 살고 싶은 거니?'

윤지는 대답할 수가 없었다. 단지 그 순간만큼은 다른 모든 것을 잊을 수 있었다. 생각이 멈추고, 고통 속에서 오히려 평온함을 느꼈다. 어쩌면, 이건 자신을 도와달라는 무언의 외침이었는지도 모른다.

'도움이 필요하면 말해. 넌 혼자가 아니야. 알지?'

평소 친하게 지내던 선생님들이 건넸던 말이 떠올랐다. 하지만 쉽게 입이 떨어지지 않았다. 도움을 요청하는 일은, 어쩌면 스스로에게 상처를 내는 것보다도 더 어려웠다.

지금까지 선생님들에게 짐이 되기 싫어 속으로만 삭여왔기 때문이다. '착한 아이'라는 굴레를 벗어던지고 누군가를 불편하게 만드는 것은 익숙지 않은, 너무나 낯선 용기였다.

그러나 죽음에 대한 공포가 윤지를 절벽 끝으로 내몰았다. 이제 더 이상 자신만의 방식으로 버틸 수 없다는 것을 깨달았다. 도움을 청하는 것은 미안한 일이 아니라, 살기 위한 마지막 몸부림이었다.

"좀 도와주세요."

마침내 윤지는 믿고 따르던 영어 선생님에게 달려갔다.

"제발 도와주세요."

1학년 때 담임에게도 용기를 내어 도움을 요청했다. 윤지에게 이 두 선생님은 가장 강력한 보호막이자 의지가 되어주는 존재였다. 만약 두 선생님이 학교에 없었다면 어땠을까? 상상만 해도 아찔했다.

윤지는 두 선생님에게 매달렸다. 마치 생명줄을 잡은 듯 간절하고 처절했다.

SOS

결국 학교에서 다급하게 엄마를 호출했다.

엄마가 헐레벌떡 도착했을 때 윤지는 교무실 소파에 쪼그려 앉아 있었다. 맨발인 채, 세운 무릎 사이에 얼굴을 묻고 있었다.

머리카락은 산발이었고, 어깨는 격렬하게 들썩였다. 가냘픈 몸이 공포에 떨고 있었다.

엄마는 숨을 몰아쉬었다. 심장이 덜컥 내려앉았다. 윤지를 향해 한 걸음 내디뎠다.

"윤지야…."

엄마가 나지막하게 부르는 소리에 윤지는 천천히 얼굴을 들었다. 충혈된 눈에는 깊은 공포가 서려 있었다.

트고 파리한 입술이 가늘게 떨렸다.

그러다 무게라곤 없는 목소리가 흘러나왔다.

"엄마, 누가 자꾸 죽으라고 해."

그 말을 듣던 엄마는 얼어붙었다. 공기마저 멎어버린 것 같았다.

너무 비현실적이라 믿기지가 않았다. 몇몇 선생님들은 그런 두 사람을 숨소리조차 내지 못하고 바라보았다.

엄마가 윤지의 손을 힘주어 잡았다.

"집에 가자. 집에."

엄마는 윤지를 틀어 안고 교무실을 나섰다. 차에 윤지를 태운 뒤 엄마는 윤지를 꼭 끌어안았다. 팔 안에서 딸의 떨림이 생생하게 전해졌다.

윤지가 처음 걸음마를 뗄 때 넘어질까 조심스레 팔을 벌려 안아주던 날이 떠올랐다. 하지만 지금은 다르다. 지금 윤지는 엄마 손을 자꾸 놓으려 했다. 끝없는 어둠 속으로 추락하기 직전 같았다. 엄마는 절대로 윤지를 놓칠 수 없었다. '안 돼! 안 돼!' 더 힘껏 윤지를 틀어 안았다.

현관문을 열고 들어서는 윤지를 루이가 반겼다. 윤지도 루이를 끌어안고 얼굴을 비볐다. 루이가 윤지의 뺨을 계속 핥아주었다.

공포에 잠식당했던 근육들이 조금씩 풀리는 듯했다.

손톱만 한 빛을 따라 어둠을 벗어난 기분이었을까?

"우리 루이 간식 줄까?"

윤지 목소리가 살아났다.

잠시 뒤, 방문 밖에서 엄마의 목소리가 들렸다.

"윤지야, 영어 선생님이 잠깐 보자고 연락이 왔네. 금방 올게. 금방!"

엄마는 루이에게 윤지를 맡기고 집을 나섰다. 마음이 무겁게 가라앉았다.

윤지를 흔들고 있는 것이 단순한 불안이나 우울감이 아니라는 걸 이제는 알고 있었다.

영어 선생님과 마주 앉은 엄마는 조심스럽게 말을 꺼냈다.

"선생님, 학교에서 윤지가⋯ 많이 힘든가요?"

선생님은 대답 대신 무거운 침묵을 선택했다.

침묵을 깬 건 조금 뒤였다.

"정신병원을 알아보는 게 어떨까요? 입원 치료를 말입니다."

선생님은 고민했으리라. 무척 조심스러운 어조였다. 그러더니 부스럭거리며 호주머니에서 메모지를 꺼내 엄마에게 건넸다.

메모지에는 윤지가 영어 선생님에게 한 말이 적혀 있었다.

'비상약을 안 먹으면 누가 자기를 갖고 놀게 놔둔다. 누군가가 자기를 마음대로 가지고 노는 것 같다. 약을 안 먹으면 내버려 둔다. 자기가 한 행동이나 말 같은 게 기억이 안 난다.'

엄마는 메모를 읽으며 숨을 삼켰다. 손끝이 떨렸다.

눈앞의 글자는 선명했지만, 그 의미는 현실과 동떨어진 환영 같았다. 윤지가 한 말이라는데, 글 속의 아이는 윤지가 아니었다.

엄마는 고개를 가로저었다.

선생님은 다시 준비해 둔 종이봉투 하나를 내밀었다.

"이건 윤지를 지켜본 세 분 선생님이 적은 내용이에요. 도움이 될까 해서 가져왔습니다."

엄마는 선생님들이 쓴 관찰 기록을 받아 들었다. 단정한 글씨로 채워진 내용들은 마치 윤지의 모든 것을 발가벗기는 듯했다. 눈이 닿는 곳마다 통증이 일었다.

선생님들이 쓴 글에는 '형체가 정확하지 않은 검은 물체'가 윤지를 따라다닌다는 이야기가 적혀 있었다. 그 검은 물체가 자꾸만 서두르라 재촉하고, 윤지는 그것을 피해 텅 빈 영어 교실 모퉁이에 몸을 숨긴다고 했다.

그 내용을 읽는 동안, 엄마는 윤지가 홀로 느꼈을 극한의 공포를 상상했다. 평온한 줄 알았던 학교에서 보이지 않는 괴물에게 쫓기고 있었던 것이다.

개학 후 윤지가 숨을 쉬기 힘들어하고 몸을 바들바들 떨었다는 사실도 담겨 있었다. '밖에 사람들이 무섭다'며 발작 같은 반응을 보인다는 묘사와 함께, 공황장애나 광장공포증이 생긴 것으로 판단된다는 내용도 있었다.

엄마는 가슴이 쿵 내려앉았다. 종이를 든 손이 바들바들 떨렸다. 가장 아프게 박힌 문장은 윤지가 집에 대해 했던 말이었다.

'가정에서는 가면을 쓰고 본인의 실제 모습을 숨긴다.'는 구절에서 엄마는 숨을 멈췄다. 윤지는 자신을 사랑하는 엄마로부터도 상처를 받으며 엄마에 대한 극도로 두려운 감정을 숨기고 있었다.

'집이 무서웠다니. 엄마의 눈을 마주하는 것이 두려웠다니.'

엄마는 피가 식는 기분이었다.

선생님들의 관찰 기록은 윤지가 얼마나 외롭고 고통스러운 시간을 보냈는지 생생하게 보여주었다. 평소 주도면밀하고 꼼꼼했던 윤지가 용모에 신경 쓰지 않고, 겉옷도 걸치지 않은 채 헝클어진 모습으로 다녔다는 말도 있었다.

계획 없이 충동적으로 행동하는 변화도 있었던 것이다. 이 모든 것이 윤지가 보내는 SOS 신호였는데, 엄마는 아무것도 눈치채지 못했다. 윤지가 선생님에게 직접 말했다는 말이 엄마의 가슴을 후벼 팠다.

"아무리 치료를 받아도 소용이 없어요. 결국 원래대로 돌아가요. 그러니 참아볼게요. 나만 참으면 모든 것이 평화로워져요."

엄마는 눈앞이 흐려졌다. 이토록 고통 받던 윤지의 마음을, 조금도 읽어내지 못했던 자신이 원망스러웠다.

선생님들의 이 관찰 기록은 윤지의 처절한 구조신호였던 것이다.

09

낯선 문

엄마는 부랴부랴 집으로 돌아왔다. 출근한 아빠에게 전화를 걸어 급히 귀가를 요청한 것이다.

"여보, 지금 얼른 와! 얼른!"

절박한 엄마 목소리에 아빠가 서둘러 집에 도착했다.

세 사람은 한마디도 없이 정신과로 향했다.

길 위의 풍경이 그림처럼 느껴졌다. 평소와 같은 도로, 신호등, 바삐 움직이는 사람들조차 꿈결 같았다.

윤지는 창밖을 바라보며 무표정하게 앉아 있었다.

정신과 대기실은 알록달록한 벽지와 만화영화 캐릭터들로 꾸며져 있었다. 따뜻한 분위기를 내려 한 듯했지만, 오히려 그 밝은 색감이 이질적으로 느껴졌다. 윤지는 의자에 앉아 흐릿한 눈으로 벽을 응시했다.

엄마와 아빠는 의사와 상담실로 들어갔다. 무거운 문이 닫히고, 윤지는 홀로 남겨졌다.

의사는 선생님들이 작성한 기록과 부모님이 전한 이야기를 꼼꼼히 살펴보더니, 한동안 민머리를 쓰다듬으며 깊은 생각에 잠겼다.

긴 침묵이 흘렀다. 벽시계의 초침 소리가 유난히 크게 들렸다.

한참 후 의사가 메모지에 쓴 전화번호를 내밀었다.

"음, 입원도 좋겠네요. 제가 아는 정신병원 번호입니다. 원장과도 잘 알고요. 그곳이라면 적절할 겁니다. 현재 자해 위험이 있으니 격리가 필요하지 않을까요?"

엄마는 숨을 삼켰다. 아빠의 눈은 텅 비어갔다.

의사는 팔을 쭉 뻗어 메모지를 건넸다. 동시에 그것을 받아든 엄마와 아빠의 손끝이 미세하게 떨리고 있었다.

그 한 장의 메모지가 엄청난 무게를 지닌 것처럼 느껴졌다.

상담실에서 나와 대기실로 향하던 엄마의 눈에 윤지의 손목이 들어왔다. 핏빛 자해 흔적이 선명했다. 오늘따라 그 자국이 더욱 도드라져 보였다. 제 영역인 양 엄마를 쏘아보는 듯했다.

엄마는 순간 숨이 막혔다. 모든 것이 현실이라는 것이, 피할 수 없다는 것이, 이토록 무자비하게 다가올 줄이야.

그 자리에 주저앉고 싶은 걸 간신히 참아냈다.

집으로 가는 차 안에서 엄마는 정신병원에 전화를 걸었다.

"네, 네! 어디요? 아, 다리를 건너자마자 논을 따라 계속 가면 되나요? 원장님은 지금 계신가요?"

지금까지 익숙하게 해온 것처럼 도착 시간을 정하고, 입원에 필요한 물품 안내를 받았다.

집으로 돌아오자마자 엄마는 정신병원에 가져갈 가방을 챙겼다. 책과 스프링 노트, 필기구, 몇 권의 책, 옷가지를 책가방에 욱여넣었다. 그 작은 가방이 비대한 몸뚱이처럼 느껴졌다.

모든 준비를 마친 뒤, 엄마는 깊은 한숨을 내쉬었다. 그 모습을 거실 소파에 앉아 바라보던 윤지는 눈을 감았다. 입원이 현실이 되었다는 사실이 뼛속까지 스며들었다.

이것이 꿈이라면, 제발 깨어나고 싶었다. 그러나 모든 것이 또렷하게 현실이었다.

너무나 잔인한 시간이었다.

윤지와 부모님은 도시 외곽에 있는 정신병원으로 부랴부랴 출발하였다.

상담 시간이 한참 남아 있었지만, 서두르지 않을 수 없었다. 그곳은 보호와 격리를 통해 윤지가 죽음을 피할 수 있으리라는 마지막 보루였으니까. 조금이라도 늦으면, 조금이라도 망설이면 윤지를 놓쳐버릴 것 같은 두려움이 발길을 재촉했다.

차 안 공기는 무겁게 가라앉아 있었다. 창밖으로 빠르게 스쳐 지나가는 풍경이 윤지에게는 비현실적으로 느껴졌다.

병원에 도착하자 의사가 윤지를 바라보며 말했다.

"윤지가 이곳에서 제일 어린 환자입니다. 아직 어리지만 따로 청소년 병동이 운영되지 않아서 일반 환자들과 함께 있어야 합니다."

그 말에 아빠와 엄마의 낯빛이 어두워졌다.

그러나 선택지는 없었다. 물러서면 윤지를 잃지도 모르는 것이다. 아빠는 주먹을 꽉 쥐었다.

병동으로 향하는 길은 낯설고 스산했다. 안내를 맡은 늙수그레한 남자는 매점과 식당 위치를 설명했다.

전학 온 학생에게 학교 시설을 소개하듯 낮고 건조한 말투였다. 윤지는 그 설명을 듣고 있었지만, 아무 말도 귀에 제대로 들어오지 않았다.

모든 창문에는 철창이 굳게 설치되어 있었다. 빛을 가두려는 무거운 철의 감촉이 공기를 짓눌렀다.

병동으로 올라가기 전, 잠시 정원으로 나갔다.

하얀 칠이 된 2층짜리 병원 주변으로 논과 밭이 끝없이 펼쳐져 있었다. 논에서 새 떼가 한 번씩 날아오를 때마다 큰 날개를 펄럭이며 하늘을 갈랐다. 그들의 날갯짓이 길을 만들고, 끝없이 뻗어 나갔다.

널찍한 정원은 잔디로 덮여 있었고, 개방감을 주었다. 그러나 윤지에게는 이곳이 거대한 우리처럼 느껴졌다. 소나무들 사이로 박새와 곤줄박이가 뛰어오르며 시끄럽게 날아다녔다. 그러나 그들의 자유로움마저도 윤지에게는 인위적으로 느껴졌다.

고개를 드니 병원으로 오던 구불구불한 사랫길이 눈에 들어왔다.

'저 길을 이제 아빠와 엄마만 다시 나가겠지.'

윤지는 울컥 목이 메었다.

'나도 데려가! 여기 있기 싫어!'

화를 내며 매달리고 싶었다. 떼를 쓰고 싶었다. 그러나 아무 말도 하지 못했다.

2층 병동으로 발걸음을 돌리며 자꾸 뒤를 돌아보았다.

'이 풍경을 다시는 볼 수 없을지도 몰라.'

잊지 않으려고 정원의 모습과 병원 주위를 눈에 담았다.

마지막 계단에 올라섰다.

철커덕.

무거운 폐쇄병동 문이 열렸다. 안에서 서너 개의 열쇠가 돌아가는 소리가 났다. 얼마나 단단히 잠겨 있는지 알 수 있었다.

문이 열리자마자 와자한 소리가 쏟아져 들어왔다. 순간, 윤지는 숨이 턱 막혔다.

윤지 가족도 그 소리와 함께 병동 안으로 들어섰다.

복도는 혼란스러웠다.

"으아아 크으으으으 우어어어어!"

스무 살 정도 되어 보이는 청년이 소리를 지르며 복도를 뛰어

다녔다. 중년 남녀 몇 명은 복도를 오가며 알아들을 수 없는 말을 중얼거렸다. 온 힘을 다해 악을 쓰는 할머니도 있었다. 몇몇 환자들은 풀린 눈으로 비틀거리며 침을 흘렸다. 약 기운에 취한 모습이었다.

'이곳이 말로만 듣던 정신병원인가? 미친 사람들이 오는 곳…. 그럼 나는 미친 걸까?'

윤지는 긴장하며 엄마 옆으로 바짝 붙었다. 엄마도 윤지를 틀어 안았다. 엄마의 체온이 따뜻하게 전해져왔다.

'엄마, 나 여기 있기 싫어.'

속울음을 들키지 않으려고 입술을 깨물었다. 낯선 공간, 낯선 소리, 낯선 사람들이 흘러 다녔다.

자살 욕구는 순식간에 자취를 감추었다. 죽음조차 머릿속에서 밀려나고, 눈앞의 현실이 선명하게 다가왔다.

까무잡잡한 피부에 긴 머리를 틀어 올린 간호사가 다가왔다.

무심한 얼굴로 윤지 가족을 맞았다.

"따라오세요."

간호사는 앞장서며 병동 시설을 설명하기 시작했다. 윤지는 차갑게 식은 손끝을 꼭 쥐고, 천천히 따라 걸었다.

병동 안내는 욕실부터 시작되었다. 욕실은 커튼 하나로 남녀 공간을 나눈 구조였다. 커튼을 사이에 두고 남자 욕실과 여자 욕실이 마주하고 있었다. 더구나 남자 보호사가 욕실 앞쪽에 의자를 놓고 앉아 감시하고 있었다.

윤지는 불편함에 목이 콱 막히는 기분이 들었다.

병실도 크게 다르지 않았다. 복도를 사이에 두고 왼쪽은 남자 병실, 오른쪽은 여자 병실이었다. 모두 다인 실이었다. 철창이 박힌 작은 창이 바깥세상과의 유일한 통로였다.

이곳에서 견딜 수 있을까? 윤지는 간절히 집에 가고 싶었다.

'내가 왜 여기에 있지?'

숨이 가빠졌다. 울고 싶다기보다 두려웠다. 온몸이 경직되는 느낌이 들었지만, 내색하지 않고 간신히 다리를 세웠다.

아빠와 엄마는 몇 번이나 윤지를 돌아보며 병동을 나갔다. 윤지는 폐쇄병동 작은 창으로 멀어지는 부모님의 뒷모습을 지켜보았다. 어쩌면 두 번 다시 볼 수 없을지도 모른다는 공포가 밀려왔다.

근처에 있던 중년 여자가 윤지에게 말을 걸었다.

"곧… 적응… 될 거야, 아가야…."

느릿한 말투로 나지막이 말을 건넸다. 여자는 바싹 말라 나이조차 가늠할 수 없었다.

윤지는 대답하지 못한 채 마른침을 삼켰다.

마침 간호사가 윤지를 불렀다.

"가지고 온 물건 모두 가져오세요. 확인 후, 지닐 수 없는 것들은 제거하고 돌려줄게요."

말이 끝나기 무섭게 후드 티의 모자 끈이 싹둑 잘렸다. 운동화 끈도 제거되었다. 스프링 노트는 압수 대신 스프링만 제거하기로 했다. 검열이 끝난 물건들은 윤지만큼이나 진이 빠진 듯했다. 끈과 스프링이 제거된 후드 티와 운동화도 풀이 죽은 모습이었다.

자해 방지는 철저했다. 연필까지 압수당했다. 윤지는 간절한 표정으로 물었다.

"색연필만 좀 줄 수 없을까요?"

궁지에 몰린 새처럼 두 손을 비볐다. 필기도구가 꼭 필요했다. 간절함이 통했는지 간호사는 못 이기는 척 색연필을 건넸다.

병실 바닥은 온돌이었다. 침대는 없었다. 윤지는 이불이 깔린 바닥에 누웠다. 백색 천장, 희미한 불빛, 고요하지만 숨 막히는 정적이었다. 자신을 집어삼킨 이곳이 너무나 낯설었다. 저도 모르게 눈물이 흘렀다.

'여기서 적응해야 한다. 이제 꼼짝없이 갇혔다. 내게 자유는 없다.'

극도로 긴장된 신경을 끌어안고 옆으로 누웠다. 무릎을 가슴에 품은 채 몸을 동그랗게 말았다. 엄마의 자궁 속에 있을 때처럼 최대한 안전하게….

병실 밖에서는 여전히 사람들의 눈알이 돌아다녔다. 악을 쓰는 눈알, 눈물을 흘리는 눈알, 비틀거리는 눈알, 풀어져 흔들리는 눈알, 능글맞은 눈알….

그 시선들이 병동의 공기를 무겁게 짓눌렀다.

윤지는 눈을 감았다.

윤지를 기다릴 윤지의 방과 루이를 떠올렸다. 윤지는 현재가 싫을 때마다 가고 싶은 곳을 상상하는 버릇을 가졌다. 하지만 어쩐지 선명하게 그려지지 않았다. 이곳의 공기, 냄새, 소음이 모든 기억을 지워버린 것만 같았다.

얼마나 시간이 흘렀을까? 죽은 듯 꼼짝 않고 누워 있던 윤지는 복도에서 들려오는 익숙한 목소리에 귀를 세웠다.

❿
사막은 낙타를 기억한다

　엄마였다. 마비된 듯했던 몸이 반사적으로 반응했다. 심장이 두근거리며 터질 듯 뛰었다. 병실 문이 열리면서 아빠와 엄마가 들어섰다.

　"윤지야, 너 점심 못 먹었잖아."

　엄마는 윤지에게 뛰어와 윤지를 끌어안았다. 다시는 놓치지 않겠다는 듯 단단히 붙잡았다. 그 품에서 윤지는 자신이 얼마나 떨고 있는지를 깨달았다.

　벽시계는 오후 두 시를 가리키고 있었다. 엄마는 남자 보호사에게 먹을 장소를 부탁했다.

　"우리 아이 아침도 못 먹였어요. 이것만 먹이고 갈게요."

　남자 보호사는 간호사실 건너 상담실로 안내했다.

　"여기서 드시면 됩니다."

　무심히 문을 열어주곤 원래 자리로 돌아갔다. 상담실 안에는 하얀 원탁을 중심으로 의자 네 개가 놓여 있었다.

엄마는 순대 봉투를 원탁 위에 펼쳤다.

"순대 사 왔어. 네가 좋아하는 거."

순대 냄새가 상담실 안을 가득 채웠다. 그러나 윤지는 봉투보다 엄마의 얼굴을 먼저 살폈다. 애써 미소를 짓고 있었지만, 흔들리는 눈빛을 숨기지 못했다.

아빠는 그 곁에서 어색하게 서 있었다.

'이 상황이 현실인가?'

아빠의 눈빛 역시 공허했다. 먹먹하고 무기력한 표정, 믿기지 않는 눈빛이었다.

무언가를 말하고 싶지만, 차마 입을 열지 못하는 모습이었다. 그때 문이 벌컥 열렸다. 조금 전 복도를 뛰어다니던 청년이었다.

"으에에에 이이이이 아아아으아!"

괴성을 지르며 침을 흘리며 윤지 가족에게 달려들었다. 아빠는 두 팔을 펼쳐 청년을 제지했다.

곧이어 남자 보호사 두 명이 달려왔다.

"음식 달라고 그러는 거예요. 비키세요."

덩치 큰 보호사가 다급하게 말했다. 아빠는 한 발짝 뒤로 물러났고, 문은 세차게 닫혔다.

아빠는 잠시 병실 밖으로 나갔다. 급하게 오느라 일회용 젓가락을 챙기지 못했기 때문이었다.

"엄마…."

윤지가 엄마를 불렀다.

"엄마, 나 집에 가고 싶어. 엄마, 나 데리고 가."

윤지가 너무나 간절하게 엄마에게 애원했다.

윤지는 어린 시절 갯벌에 빠졌던 기억을 떠올렸다. 그때도 엄마는 망설임 없이 윤지를 구해주었다.

윤지가 엄마를 바라보았다.

엄마는 조금도 망설이지 않았다.

윤지의 손을 움켜잡았다.

"그래, 여기는 아니야. 우리 집에 가자!"

생각할 것도 없다는 듯 풀어놓던 순대를 재빠르게 챙겼다. 마침 아빠가 젓가락을 들고 돌아왔다.

"여보, 우리 윤지 데리고 가자. 집으로 가자. 여긴 아니야."

아빠도 이미 같은 생각이었는지, 두말없이 고개를 끄덕였다. 엄마는 곧장 간호실로 향했다.

유리방 안 간호사실에서 엄마는 손을 뻗어 윤지를 가리키고 밖을 가리켰다. 윤지를 데리고 나가겠다는 의지를 결코 꺾을 수 없을 것 같은 기세였다.

간호사는 어디론가 전화를 걸고, 엄마는 밖으로 나와 병실로 뛰었다. 윤지는 아빠 손을 꼭 잡은 채 출구 앞에 서 있는 동안 엄마는 윤지 짐을 챙겼다.

퇴원 결정이 내려진 뒤 출구가 열렸다.

윤지는 눈을 감았다.

집으로 돌아가는 차 안은 병원으로 향할 때와는 달리 들떠 있었다. 아빠 얼굴에 핏기가 돌고 엄마도 잔뜩 상기되었다.

"윤지야, 너 병원에 두고 갈 때 아빠 눈동자가 텅 비어 있었어. 조금 가다가 내가 순대국밥이라도 먹고 가자고 졸랐어. 엄마도 너와 점점 멀어지는 게 숨이 막혔거든."

쏟아내던 엄마가 숨을 고르고 목소리를 가다듬었다. 한결 가벼워진 음성이 차 안을 채웠다.

"순대국밥이 나왔는데 먹을 수가 없더라. 아빠는 숟가락조차 들지 못했어. 아빠를 보며 고민하다가 내가 이렇게 말했어.

'우리 윤지 순대 사다 줍시다. 걔 점심도 못 먹었잖아요.'

그 말을 듣자마자 아빠가 자동으로 벌떡 일어났어. 당장 순대를 포장하고 부랴부랴 병원으로 달려갔던 거야."

순대를 안고 달려온 부모님의 절박한 마음이 윤지의 가슴을 빼곡히 채웠다. 그 따뜻한 온기가 불과 몇 시간 전 윤지를 가뒀던 병실을 열고, 비로소 집으로 향하는 길을 연 것이다. 차창 밖으로 빠르게 지나가는 풍경들이 이제야 제 색깔을 찾은 듯 선명하게 다가왔다.

집으로 돌아오자마자 윤지는 침대에 쓰러졌다. 금세 깊은 잠에 빠졌다.

그러나 꿈속은 평온하지 않았다. 어디선가 거대한 독사가 모습을 드러냈다. 5억 년은 묵었을 것 같은 거대한 독사가 똬리를 틀고 윤지를 기다리고 있었다. 검은 비늘은 빛을 머금어 번들거렸고, 눈은 어두운 심연처럼 깊었다. 독사는 소리 없이 다가와 윤지를 칭칭 휘감았다. 그 차가운 힘이 윤지의 숨을 조여왔다. 그것은 윤지를 집어삼킬 듯이 천천히, 무자비하게 압박했다. 윤지는 비명을 지르고 싶었지만, 목소리가 나오지 않았다. 손을 뻗었지만 아무것도 잡히지 않았다.

그 절망의 순간, 간신히 외마디 비명을 지르며 깨어났다. 일어나보니 온몸이 땀으로 흠뻑 젖어 있었다.

윤지는 한참 동안 숨을 헐떡거렸다. 목을 조여오던 고통이 너무나 생생하게 느껴졌다.

겨울방학 끝자락까지 윤지는 통원 치료를 이어갔다. 어디론가 떠나는 수많은 차들 틈에 섞여 병원을 오갔다.

뒷자리에 앉은 윤지는 가끔씩 창을 내린 뒤 깊게 숨을 들이켰다. 차가운 공기가 폐를 채웠지만 윤지의 몸과 마음은 여전히 사막이었다.

길을 모르고, 어디로 가야 할지도 모르는 사막, 그럼에도 윤지는 알고 있었다. 사막은 스스로를 사막이라 생각하지 않는다는 것을.

겨울방학이 끝나고 3학년 1학기가 되었다. 윤지가 복용하던 약도 새 학기로 넘어갔다.

약 복용 기록:

2/9: 로라반정 0.5mg, 렉사프로정 5mg, 알프람정 0.25mg

2/19: 로라반정 0.5mg, 렉사프로정 5mg

2/26: 푸로작확산정 20mg (0.5)

3/12: 푸로작확산정 20mg (0.5), 아빌리파이정 2mg, 알프람정 0.25mg

윤지는 이제 약 이름에도 익숙해졌다. 약 봉지를 손에 쥐고 바라볼 때마다, 그 작은 알약들이 자신을 버티게 해주는 것인지, 아니면 알약들이 윤지를 버텨내고 있는지 헷갈렸다.

진료를 마치고 엄마가 운전하는 차 뒷자리에 앉을 때마다 엄마의 사과는 자동이었다.

"윤지야, 미안해. 엄마가 미안해."

가슴 치는 일이 반복될수록 윤지는 짜증이 일었다. 그 모습 또한 엄마 자신을 위한 일 같았다. 윤지는 대답 대신 창밖을 바라보았다.

윤지는 어린 시절을 떠올렸다.

그때의 자신은 엄마가 쳐 놓은 덫에 갇힌 기분이었다. 탈출은 꿈도 꿀 수 없는 그래서 한없이 순종했다. 그렇게 스스로를 길들였다.

어딜 가든 학습지를 들고 다니며 공부하는 모습을 보였다. 그렇게 하면 엄마는 흡족해했으니까.

엄마는 다정하다가도 언제 폭발할지 모르는 활화산 같았다.

윤지는 여리고 순한 아이였지만, 그런 엄마의 비위를 맞추며 눈치껏 살폈다. 친가와 부딪히거나 아빠에게 불만이 쌓일 땐 더 살얼음을 걷듯 했다. 그런데도 폭발하며 길길이 날뛸 땐 겁에 질려 울음을 터트렸다.

그러나 이제 엄마는 변하고 있었다. 아니 달라지려 애썼다. 예전처럼 감정을 폭발시키지 않으려 노력했다. 윤지를 다그치지 않으려 이를 갈았다.

그러나 그 과정마저 윤지에게는 또 다른 형태의 두려움이었다.

엄마를 이해해야 한다는 부담감과 여전히 풀리지 않는 응어리가 동시에 밀려왔다.

토독, 토독, 톡!

집에 돌아오자마자 창을 두드리는 소리에 창가로 향했다. 봄비였다.

날개 젖은 산새들이 분주히 날아다녔다. 그 틈에 작은 점박이 나방 한 마리가 비틀거리며 방 안으로 들어왔다. 나방은 방구석으로 가더니 숨을 죽이고 앉았다. 흡사 요새를 찾은 모습이었다.

윤지는 그 나방을 한참 동안 빤히 바라보았다. 기다림에 지치지 않는 모습이었다.

강하다는 건 무엇일까? 사방이 캄캄한 절망으로 둘러싸여 있어도, 궁리하고 모색하며 해결책을 찾는 것일까? 점박이 나방은 기다림이라는 해결책을 찾은 것처럼 보였다.

윤지는 다시 자해 충동과 마주쳤다. 뫼비우스의 띠처럼, 한 번 떠오르면 어김없이 되돌아왔다.

체험학습을 갔던 며칠 뒤도 마찬가지였다. 놀이동산에 도착하자마자 자해 충동이 스멀스멀 올라왔다. 칼 같은 것이 보이면 손목을 긋고 싶다는 생각이 일었다.

놀이기구를 타면서도, 점심을 먹으면서도, 머릿속에는 온통 자해 생각뿐이었다. 그 생각은 그림자처럼 윤지를 졸졸 쫓았다. 2층 높이에 올라갔을 때는 아래층을 내려다보며 뛰어내리고 싶은 충동이 일었다.

담임 선생님이 눈치 챘는지, 급히 소리쳤다.

"윤지야, 내려와!"

손나발까지 불며 다급하게 하소연했다. 친구들과 사진을 찍는 순간에도 충동은 불쑥불쑥 올라왔다. 윤지는 견디기 위해 비상약으로 '아티반'을 하나 먹었다. 그렇게라도 버티고 싶었지만 젠장, 결국 백기를 들고 말았다.

윤지는 친한 영어 선생님을 찾아갔다.

"선생님, 약을 먹었는데도 자해 충동이 올라와요. 도와주세요!"

윤지는 간신히 도움을 요청했다. 영어 선생님은 고개를 끄덕이고, 옆 벤치에 윤지를 앉혔다. 담임 선생님보다 영어선생님이 편했다.

다른 학교에서 부임해 온 담임 선생님은 차분하고 이성적이며 속이 깊은 사람이었다. 그래서 마음이 놓였지만, 친해질 시간이 없었다.

벤치에 앉아 영어 선생님과 함께 풍차를 바라보았다. 너무 천천히 돌아서 멈춘 것 같지만, 사실은 돌고 돌아 목적지에 도착했다.

'내 목적지는 어디일까?'

윤지는 긴 한숨을 내쉬며 말을 꺼냈다.

"선생님! 검은 형체가 보여요. 저에게 끊임없이 요구해요. 죽으라고요.

그럴 때마다 정말 죽어야겠다는 생각이 들어요. 엄마는 이겨내야 한다고 말하지만, 제가 뭘 이겨내야 하는지도 모르겠어요."

말을 마친 윤지에게 선생님의 가느다란 한숨이 들려왔다. 그 한숨은 오랜 숲을 건너온 바람처럼 가늘고 길었다.

결국 윤지는 자해를 시도했다. 주말 저녁, 윤지 손목에 더 깊어
진 자해 자국을 엄마가 발견한 것이다.

엄마는 윤지를 부랴부랴 근처 대학병원 응급실로 데려갔다. 응
급실에서 윤지는 의사에게 모든 것을 털어놓았다.

그날은 3월 15일, 푸르스름하게 새벽이 밝아오던 시간이었다.

⑪ 10층 폐쇄병동

윤지가 입원한 곳은 대학병원 7층 정신과 폐쇄병동이었다. 처음 갔던 도시 외곽의 정신병원보다 훨씬 분위기가 나았다. 윤지도, 부모님도 조금은 마음이 놓이는 눈치였다.

처음엔 2인실을 배정받았다. 6인실로 옮겨갈 예정이었지만, 그건 환자가 퇴원해야 가능한 일이었다.

2인실이라 했지만, 윤지는 혼자였다. 집이 아닌 낯선 병실에서 맞는 첫 밤이었다. 윤지는 침대에 모로 누웠다. 간호사가 준 약 때문인지 저도 모르게 잠이 들었다.

꿈속에서 돌아가신 할머니를 만났다. 멋쟁이였던 할머니는 파란 스카프를 두르고 환하게 웃으며 두 팔을 활짝 열었다.

"할머니는 윤지를 가장 사랑한단다. 윤지에겐 이 할머니가 있어."

할머니는 여전히 윤지를 응원하고 있었다.

병동에는 대학생이나 젊은 청년, 윤지 또래의 아이들도 많았다. 나중에 알게 된 사실이지만, 이곳은 비교적 경증 환자들이 오는 병동이었다. 자해 시도, 망상, 우울증, 섭식장애 같은 증상을 가진 사람들이 주로 입원했다.

다음 날, 윤지의 병실에 새로운 환자가 들어왔다. 2학년 여중생이었다. 이제 병실은 진짜 2인실이 되었다.

그 아이는 허벅지를 날카로운 것으로 찌르거나 칼로 그어 자해하다가 입원했다고 했다. 간호사가 드레싱을 해줄 때 윤지는 그 아이의 상처를 보았다. 깊거나 옅은 선홍빛 선들이 빼곡했다. 자국마다 지난 시간들이 고여 있는 듯했다. 그 상처들이 무슨 말을 하고 있는지, 윤지는 알 것 같았다.

침묵이 병실을 채웠다.

창밖에서 환한 햇살이 들어왔지만, 그 빛은 두 사람을 비껴가는 듯했다. 이틀째가 되었을 때 윤지는 새로 온 아이를 향해 앉았다.

"여기 오기 전에… 힘들었지?"

그 아이는 대답하지 않았다. 하지만 이곳에 있는 것 자체가 이미 대답과도 같았다.

"너는 어디를 자해해?"

조금 뒤 대뜸 그 아이가 물었다. 이름은 오규아라고 했다. 윤지는 대답하지 않았다. 자해 흔적이 남아 있는 손목을 옷으로 가렸다.

잠시 후, 윤지의 담당 의사가 병실로 들어왔다.

"유혜정이야. 그냥 혜정쌤이라고 불러."

파마머리를 뒤로 질끈 묶은 수수한 모습이었다. 레지던트 3년 차라고 덧붙였다. 서른 초반쯤 되어 보였다. 통통하고 볼그레한 뺨이 순수하고 친근하게 보였다.

혜정쌤은 윤지에게 노란 고무줄을 건넸다.

"자해가 하고 싶으면 이걸 써."

윤지는 고무줄을 받아 들었다.

"손목에 끼우고 있다가 자해 충동이 올라오면 고무줄을 튀겨. 그럼 좀 가라앉을 거야."

혜정쌤의 말투는 무심한 듯 차분했다. 윤지는 어쩐지 그 차분함이 편안하게 느껴졌다. 혜정쌤에게 믿음이 갔다.

"어떻게 그렇게 차분하세요? 이런 분위기에서?"

윤지는 저도 모르게 물었다. 혜정쌤은 전혀 당황하지 않았다. 오히려 살짝 미소를 지었다.

"살면서 폭풍을 몇 번 만났거든."

그 말에 윤지 마음이 조금 더 편해졌다.

윤지는 수시로 손목에 끼운 고무줄을 튀겼다. 고무줄을 손목에 튀기며 느끼는 고통은 자해 충동을 조금씩 줄여주었다. 칼도 없었지만 무엇보다 고무줄은 칼보다 덜 번거로웠다.

혜정쌤은 윤지의 이런 변화를 이미 알고 있는 것처럼 보였다. 어느 날 윤지는 혜정쌤에게 물었다.

"왜 저를 감시해요? 죽을까 봐?"

윤지는 무채색의 웃음을 지으며 물었다. 혜정쌤은 윤지의 눈을 똑바로 바라보며 대답했다.

"감시가 아니라 관심이야."

조용하지만 힘 있는 말이었다. 윤지는 그 말에 조금은 마음이 놓였다.

곧 면회 시간이 다가왔다. 저녁 여섯 시에 하루 딱 한 번 있는 면회 시간이었다. 윤지는 이 시간을 기다리고 있는 자신이 낯설었다. 습관처럼 시계를 찾는 모습까지도.

면회 시간은 약 한 시간 정도였다. 그 시간에 맞춰 규아 엄마가 왔다. 뒤이어 윤지 엄마도 병실로 들어섰다. 규아 엄마가 병실에 들어오자 윤지 엄마가 인사를 건넸다.

"안녕하세요!"

하지만 규아 엄마는 고개를 돌리며 답하지 않았다. 깊은 침묵이 흘렀다. 어떤 관계도 맺지 않겠다는 의지를 분명하게 드러냈다.

규아 엄마는 원래 차가운 사람 같았다. 적당히 세련된 외모에 풍족한 살림을 꾸리는 사람처럼 보였다.

곧 면담 시간이 되었다. 혜정쌤이 윤지 엄마를 불렀다. 입원 후 첫 상담이었다.

윤지는 엄마를 따라 나가고 싶었지만 병실에 남았다. 상담실은 바로 옆방이었다. 상담실 문에는 어른 눈높이에 직사각형 창이 나 있었고, 그 창을 통해 상담하는 모습이 보였다.

윤지는 다시 병실로 돌아와 침대에 누웠다. 규아는 상담 중인지 병실은 고요했다. 벽이 두껍지 않았는지 혜정쌤 소리가 작지만 분명하게 들려왔다. 윤지는 눈을 감은 채 들려오는 목소리에 귀를 기울였다.

"윤지의 상태는 비자살성 자해(Non-Suicidal Self Injury)로 보입니다. 자살하려는 의도는 없지만, 자신의 몸에 상처를 내는 행동을 말하지요. 예를 들면 허벅지를 칼로 긋거나 손목을 자해하는 행동입니다. 대개 옷으로 가려지는 부위를 선택합니다.

자해는 궁극적으로 죽음을 의도하는 것이 아닙니다. 오히려 자해를 하는 동안 다른 아픔을 잠시 잊으려는 행동입니다. 마음의 평안을 찾으려는 의도이며, 대인관계에서 겪는 어려움을 해결하려는 방법으로 보기도 합니다. 타인의 관심을 통해 마음의 안정을 찾으려는 행동인 것이지요.

자해 자체가 일종의 구조 요청이라고 볼 수 있습니다. '제발 나좀 도와 달라'는 SOS 신호라는 겁니다. 조금 더 설명하자면, 자해의 이유 중 하나는 분노의 표출이기도 합니다. 예를 들어, 너무 사랑하는 사람을 잃었을 때 남겨진 사람이 머리를 찧거나 자신을 때리며 자해를 시도하는 경우가 있습니다.

그건 감당할 수 없는 괴로움 때문이지요.

이 경우도 죽으려는 의도가 아니라 고통을 이겨내려는 몸부림입니다.

　발달장애가 있는 아이들도 자신을 안정시키기 위해 자해를 하는 경우가 있습니다. 또 지금 윤지처럼, 자해를 통해 타인에게 자신의 고통을 알리려는 경우도 많습니다.

　손목을 긋거나 손소독제를 먹는 등의 행동을 하고 나면, '내가 원하는 걸 얻네? 사람들이 나를 보살펴주고 내 힘든 상황을 알아주는구나.'라는 결론에 도달할 수 있습니다. 그렇게 되면 자해는 고통스럽지만 자신이 원하는 상황을 만들기 위해 선택하게 되는 거죠.

　윤지에게도 이러한 면이 있는 것으로 보입니다.

　덧붙여 '소리가 들린다.'라든지, '그 소리가 죽으라고 한다.'는 말을 듣고 걱정하셨을 거예요.

　윤지가 혹시 조현병이 아닌지 염려하셨을 텐데, 망상이나 환청이 있다면 당연히 가장 먼저 떠올릴 수 있는 부분입니다. 보통 조현병, 정신병적 증상을 동반한 조울증, 혹은 중대한 우울증과 같은 병들을 걱정하게 되지요. 이런 경우에는 망상, 환청, 환시 같은 증상이 동반되는 경우가 많습니다. 하지만 여기에는 중요한 의학적 차이가 있습니다.

　발달이 다 끝난 성인들이 겪는 환청과 아직 발달 중인 소아청소년이 경험하는 환청은 조금 다르게 봐야 합니다. 예를 들어, 강박이 매우 심할 때 나타나는 가청 사고(Audible Thought)라는 현상이 있습니다. 강박적인 생각이 머릿속에서 계속 맴돌면서, 그 생각이 들리는 것처럼 느껴지는 겁니다. 이를 환청으로 인식하기도 하지만, 실제로는 심한 강박 증상일 가능성이 큽니다.

윤지의 경우, 지나치게 이타적인 성향이 보입니다. 이타적인 것은 물론 좋은 특성이지만, 그것이 과도하면 강박으로 이어질 수 있습니다.

문제가 생기면 스스로를 탓하고, 자책하며 괴로워하지요.

이처럼 심한 강박 상태에서는 '환청이 들린다'고 말하는 아이들도 많습니다. 그러나 계속 진찰해보면 실제 환청이 아니라 강박적인 생각(Audible Thought)인 경우가 많습니다.

성인은 발달이 다 끝났기 때문에 환청과 강박을 구별할 수 있지만, 발달 중인 소아청소년은 구별하기 어렵습니다. 그래서 소아청소년의 경우에는 이러한 증상을 조금 더 다르게, 신중하게 바라봐야 한다는 점을 말씀드립니다. 마지막으로 부모님께 몇 가지 부탁드리고 싶은 점이 있습니다. 윤지와 대화할 때 질문하는 방식부터 조금 바꿔주시면 좋겠습니다.

첫 번째는 '왜 그러니?' 같은 질문 대신, '지금 기분이 어때?'와 같은 질문을 사용해 주셨으면 합니다.

윤지가 미운 사람이나 힘든 감정에 대해 이야기할 때는, '정말 밉겠네!'라며 윤지의 감정을 진지하게 공감해 주세요. 공감은 윤지와의 유대감을 형성하고 감정을 치유하는 데 매우 중요한 역할을 합니다.

두 번째는 '왜?'라는 질문은 인지적 사고를 요구하기 때문에, 이런 질문보다는 '무엇'과 '어떻게'를 사용하는 것이 좋습니다. 또한 윤지가 한 말을 반복해 주는 방식인 말 따라 하기(verbal mirroring)를 활용해 주세요.

예를 들어, 윤지가 '오늘 나온 닭죽이 맛이 없어서 기분이 나빴어.'라고 말한다면, 보통은 '왜?'라고 묻기 쉽지요. 대신 '닭죽이 맛이 없어서 기분이 나빴구나.'라고 윤지의 말을 따라해 주는 거죠. 윤지는 자신이 한 말을 부모님을 통해 다시 들으면서 감정을 되짚어 볼 수 있습니다.

이를 통해, 단순히 '미움'이나 '분노'가 아니라 '속상함'이라는 감정을 스스로 이해하게 됩니다. 이 방법은 상대방과 유대감을 형성하는 데 매우 강력한 기법입니다.

세 번째, '네가 소극적이라서'라든지, '네가 소심해서' 같은 말은 윤지에게 전혀 도움이 되지 않습니다.

대신, 상황에 초점을 맞추고 대화해 주세요.

예를 들어, '엄마 생각에 네가 가장 좋아하는 색은 보라색인 것 같은데, 맞아?' 이렇게 윤지의 내면을 자연스럽게 알 수 있는 대화도 좋습니다.

또는, '어떤 상황에서 이렇게 하게 되었는지 우리 같이 이야기 해보자', '어떻게 하면 네가 더 편해질까?'와 같은 대화도 윤지와의 소통을 돕는 좋은 방식입니다.

소통을 통해, 윤지가 언제든 감정을 나눌 수 있는 누군가가 옆에 있다는 것, 그것을 느끼게 하는 일이 치료의 시작입니다."

혜정쌤은 윤지를 위해 진심 어린 조언을 아끼지 않았다.

의사의 말은 모두 맞는 말이었다. 윤지는 한편으로 마음이 놓였다. '죽지 않아도 되겠구나.'라는 생각이 들었다.

엄마도 상담을 받으며 점점 변해갔다. 예전처럼 '왜!'라고 다그치지 않았다.

이제 엄마의 대화법은 '병실이 많이 답답했다는 얘기구나?', '어떻게 하면 네가 더 편해질까?'로 바뀌었다.

마치 다친 다리로 다시 걷는 연습을 하듯, 엄마도 윤지에게 다가서는 법을 새롭게 배우고 있었다.

⑫ 정신 병동에도 사람이 산다

대낮에도 병동 생활은 무채색이었다. 저녁노을이 마지막 온기를 불어넣듯 도시를 다홍빛으로 물들였지만, 윤지의 눈에는 모든 것이 여전히 흑백사진처럼 보였다.

그런 병동에서 눈에 띄는 사람이 있었다. 바로 청소할머니였다. 병동 청소할머니는 아침, 저녁으로 청소를 했다. 복도며 병실, 화장실까지 힘들 텐데도 늘 콧노래를 불렀다.

"이 청소, 절대 적당히 할 생각 마러. 훔친 듯이 달려! 절박하게 인생을 살란 말이여."

동료 아줌마들을 독려했다.

할머니는 특히 윤지를 예뻐했다.

"나 어릴 때 내 동생 닮았네, 학생."

동생이 보고 싶다고 했다. 한국전쟁 때 황해도 연백에 두고 왔다고 했다.

"우리 할머니와 동생은 두고 왔어. 할머니가 집을 비우고 갈 수 없다면서 한사코 남았지. 내 동생도 세 살이었는데 참 예뻤거든. 근데 걔가 몸이 약했어. 피난길에 오르면 탈이 날까 봐 할머니와 남아버렸어."

윤지를 그때 두고 온 동생 보듯 한다고 했다.

"지금껏 이 악물고 살았어. 죽음을 두려워하면 삶도 두려워져. 까짓 덤빌 테면 덤벼 봐! 악착같이 살았지."

청소하러 올 때면 살아온 이야기와 개떡을 내밀었다.

"내가 직접 절구로 빻아서 한 거여. 학생 주려고. 먹어 봐, 맛나. 먹고 힘내."

할머니는 눈을 끔적거리며 신호를 보내곤 했다. 그러던 할머니가 며칠 보이지 않았다. 윤지가 걱정하던 어느 날, 할머니가 보였다. 복도 청소를 하는 할머니에게 윤지가 활짝 웃었다.

"박달나무도 좀 슨다더니 늙는 걸 누가 막나. 아휴, 며칠 앓았어."

할머니는 주름진 웃음을 간신히 폈다. 윤지는 할머니의 속담 섞인 넋두리가 좋았다. 꾸밈없이 솔직한 그 투박한 말들 속에서, 윤지는 자신에게 온전히 마음을 열어 보이는 사랑을 느꼈기 때문이다.

규아는 제 것에 대한 집착이 심했다. 엄마들이 돌아가고 나면 빵이며 바나나, 케이크 같은 음식들이 제법 쌓였다. 윤지는 함께

나눠 먹으려 했지만 규아는 아니었다. 돌아앉아 혼자 먹었다. 썩
혀 버릴지언정 결코 나누지 않았다.

예전 같았으면 규아의 행동을 이해할 수 없다고 선을 그었을
것이다. '나눠야 옳다' 혹은 '나누어서 다른 사람도 행복하면 좋
지 않은가.'를 주장했을지 모른다. 그러나 배려와 선행은 의무가
아닌 선택이었다. 그 선택에 옳고 그름은 없었다.

섣불리 옳고 그름을 판단하는 대신, 상대를 있는 그대로 존중
하는 것. 윤지는 자신에게 익숙한 이분법적 사고를 내려놓고, 그
동안 외면했던 자신의 감정과 욕구에 처음으로 귀를 기울이기 시
작했다.

며칠 뒤였다. 윤지 아버지가 윤지 심심할 때 들으라고 USB에
노래를 녹음해 왔다. 그 모습을 보던 규아가 윤지에게 넌지시 말
을 건넸다.

"우리 아빠는 화만 내는데…. 무섭게 화만 내는데…. 너희 아빠
가 우리 아빠였으면 좋겠다."

경계를 풀고 부러워하는 마음을 드러냈다. 그 말을 윤지가 제
아버지에게 전했다.

"아, 그래? 그럼 그 친구에게 좋아하는 음악 목록 적어달라고
해. 아빠가 해다 줄게."

윤지 아버지가 선뜻 마음을 내어주었다. 며칠 뒤 윤지 아버지

는 규아에게 USB를 내밀었다. 윤지와 똑같은 MP3를 사서 함께 건넨 것이다.

규아는 눈이 두 배로 커졌다. 타인과 나눌 줄 몰랐던 규아였다. 그런데 조건 없이 나누는 모습에 당황한 것 같았다.

"윤지와 함께 들어. 다른 노래 듣고 싶으면 윤지 통해서 말해 줘. 다른 곡 녹음해다 줄게."

윤지 아버지 말에 규아는 잔뜩 들뜨기까지 했다. 침대에서 일어나 허리까지 굽히며 인사를 했다.

그런 인사는 처음이었다.

곧 면회 시간이 끝났다. 윤지 아버지는 돌아갔지만, 규아는 여전히 혼자였다. 오늘 면회객은 없었다. 어쩌다 한 번씩 들르는 어머니마저 오지 않았다.

잠시 침묵이 흐르던 병실에서 규아가 입술을 달싹였다. 목소리는 작았지만, 그 속에 오랫동안 응어리진 외로움이 느껴졌다.

"윤지야, 우리 엄마는 어떤지 알아?"

침대에 누워 있던 윤지가 규아 쪽으로 얼굴을 돌렸다.

"너는 상상도 못 할 거야. 우리 집 욕실에 들어갔을 때 물 한 방울이라도 보이면 안 돼. 타일도 반짝거려야 해. 거울에 비눗물이 튀면 그날은 난리가 나는 날이야. 수건도 각을 세워서 순서대로 쌓아야 해. 욕실뿐만 아니야. 온 집안이 감방이야. 우리 숨소리까지 엄마 점검을 받아야 할걸.

우리 아빠도 죽을 맛이지. 왜 이혼 안 하는지 몰라.

아, 모르는 건 아냐. 재산 때문이지.

우리 엄마 본가, 그러니까 외갓집이 돈이 많아. 너, 부산 해운대에 제일 큰 빌딩 알지? 뉴스에서 자주 떠들잖아. 그 빌딩 뒤편에 외할아버지 땅이 많아. 그 땅을 주차장으로 쓰는데 수입이 어마어마해.

아빠는 가난했는데 엄마 만나서 지금도 몇십 억짜리 집에 살잖아. 그러니 이혼을 못 하지.

그런데 그게 사는 거냐? 엄마 결벽증에 절절 기면서 나한테는 공부 못한다고 구박해. 화만 버럭버럭 내. 주제에…… 무슨 아빠라고.”

말끝을 흐리던 규아가 얕은 한숨을 삼키며 창밖으로 고개를 돌렸다. 목구멍으로 외로움을 삼키는 뒷모습이 쓰라렸다.

며칠 뒤 규아는 다른 병원으로 옮겨졌다. 허벅지 자해가 너무 심해졌기 때문이었다. 덩그러니 남겨진 규아의 USB에는 윤지 아버지가 녹음해 준 곡들만 남아 있었다.

삶이란 이렇듯 떠나보내는 과정일까? 윤지는 규아가 떠난 침대를 하염없이 바라보았다.

얼마 지나지 않아, 윤지는 6인실로 방을 옮기게 되었다. 빈 침대는 창가에 자리하고 있었다. 바깥에서는 도시의 불빛들이 반짝이며 어둠을 밝히고 있었다.

갇힌 외로움은 깊은 사색을 선물하는 것일까. 윤지는 일기를 쓰기 시작했다.

오늘 낮에 보호사에게 욕실 사용을 요청했는데 한참이 지나서야 들어갈 수 있었다. 1인실에 있던 아줌마가 자해를 시도했단다. 입고 있던 속옷을 물에 적셔 스스로 목을 졸랐다고 한다.

보호사가 발견해서 비극을 막았지만, 욕실 점검을 위해 두어 시간 동안 사용이 금지되었다.

아줌마는 아들을 잃었다고 했다. 고등학생이던 아들이 옥상에서 몸을 던졌다는 것이다. 전교 1등을 놓친 적 없던, 아줌마의 자랑이던 아들이었단다. 자살한 날도 전 과목 만점을 받은 날이었다는데 유서에는 이렇게 적혀 있었다고 한다.

'엄마, 이제 만족하세요? 하지만 저는 엄마가 원하는 삶을 살아갈 자신이 없어요.'

그 충격으로 아줌마는 스스로 생을 접으려 했고, 결국 폐쇄병동까지 와서 격리되었다.

얼마나 힘드실까. 이 시점에서 이런 말을 하는 것이 조심스럽지만, 자식은 부모의 욕망을 이루기 위한 도구가 아니다. 온 힘을 다해 뛸 때 격려해 주고, 박수를 보내 주면 되는 것이다.

밥을 달라고 하면 밥을 주고, 기대어 오면 품어 주면 되는 것이다. 어미 새가 새끼들에게 하듯, 날 수 있는 방법 하나만 알려 주면 된다.

날고 못 날고는 새끼의 몫이다. 냉정해야 할 때는 냉정해야 한다. 그래야 냉혹한 현실에서 살아남는 법을 배울 수 있다.

생명력은 끈질기다. 언젠가 노래를 배우고, 바람을 타는 법을 익힐 것이다. 부리 하나만으로도 먹이를 건지고, 세상을 쪼아낼 것이다.

아들은 떠났지만, 아줌마는 살아야 한다. 어떤 경우라도 행복할 권리가 있지 않은가.

삼가 고인의 명복을 빈다.

작은 한숨과 함께 윤지는 일기장을 덮었다. 창밖에 도시의 불빛들도 하나둘 잠에 빠져들고 있었다.

폐쇄병동에는 거식증 환자도 많았다. 비쩍 마른 채 병동에 들어온 대학생 여자는 흡사 미라 같았다. 걸음걸이는 허적허적했고, 기운이 없어 말조차 제대로 하지 못했다.

대답은커녕 눈도 깜빡이지 않았다. 이름은 유하리. 명문여대 3학년에 재학 중이었다. 취업을 준비하며 시작한 다이어트가 결국 그녀를 이 지경까지 몰고 왔다고 했다.

심한 구토 끝에 피를 토했던 모양이었다. 응급구조대가 도착했을 때 맥박과 혈압이 위험한 수준이었다고 했다. 그대로 두면 사망할지도 모른다는 말에 응급실로 옮겨졌고, 다행히 침대 하나가 비어 있어 부랴부랴 입원할 수 있었단다.

165cm에 35kg. 보통 열 살 아이의 몸무게였다. 침대에 누운 유하리는 여전히 식사를 거부하다가 투약이 시작되자 놀라운 변화가 일어났다.

음식을 먹기 시작한 것이다. 윤지가 건넨 크래커까지 맛있게 받아먹었다. 입원한 지 일주일 만에 혈색이 돌아오고, 눈빛도 또렷해졌다.

몸무게도 늘고, 제대로 앉고 설 수 있었다. 걸음걸이도 한결 나아졌다.

그렇다. 그것은 단순한 의지의 문제가 아니라 병이었다. 치료를 받으며 유하리는 눈에 띄게 좋아지고 있었다.

그러나 윤지는 여전히 잊을 만하면 자해를 시도했다. 고무줄도 소용이 없었다. 결국 복도에 붙어 있던 손 세정제를 먹었다.

행동에는 책임이 따르는 법, 윤지는 벌을 받았다. 진정실로 옮겨져 진정제를 맞아야 했다.

소식을 들은 윤지의 엄마는 예전처럼 허둥대지 않았다. 엄마의 자리를 굳건히 지키며, 자신을 되돌아보는 일도 게을리 하지 않았다.

더 이상 불안했던 자신의 심리가 윤지에게 이어지지 않도록 공부했다.

면회도 매일 이어졌다. 병원 규정상 면회객은 하루에 한 명만 가능했기에, 엄마와 아빠는 번갈아 가며 방문했다. 윤지를 만나러 오는 일은 사명과도 같아 보였다.

윤지에게도 면회를 기다리는 것이 유일한 낙이 되었다.

"루이가 말이야. 네가 안 보이니 네 방 앞에만 있다. 부숭부숭한 흰 털을 날리며 내 주인 윤지가 왜 안 보이지? 왜 안 오지? 언제 오나? 애타는 눈빛 간절히 매달고 아우웅 아우웅 절절히 울기도 한다. 사람이면 편지도 쓰고 전화도 걸고 언제 와요? 묻기라도 할 텐데 루이는 말이야. 그냥 기다리기만 한다. 윤지 방문 앞에 앉아 윤지가 들어설 현관만 보고 있어."

엄마가 올 때면 루이 소식도 전했다. 윤지는 루이 사진을 매일매일 보며 그리움을 달랬다. 루이가 주는 힘은 막강했다. 루이를 만나기 위해서라도 살아야 했다.

⓭
보이는 것과 보여지는 것

윤지는 그림을 잘 그리는 한 여자를 만났다. 옆 침대에 입원한 승아라는 여자였다. 스물세 살이라는데, 타투 가게를 운영한다고 했다. 부모님은 일찍 돌아가셨다고 했다. 교통사고였다고 한다. 다행히 생명보험금이 나왔고, 할머니 손에서 자라며 그림을 배웠단다.

"그림을 통해 내가 예술가의 삶을 살 거라고는 생각도 못했어. 그런데 예술가의 삶이라는 게 대단한 게 아니더라. 그 일에 대한 헌신, 그거 하나면 되더라고."

여자는 모로 누운 채 조곤조곤 이야기를 들려주었다.

"윤지야, 너 그림 잘 그린다. 예술 쪽이네! 진로를 그쪽으로 정해봐!"

윤지가 색연필로 끄적거린 그림을 본 듯했다. 빈말이 아닌 진심 어린 말이었다. 윤지의 얼굴빛이 온화해졌다.

'내가 잘할 수 있는 걸 만났네.'

그런 생각이 들자 기뻤다. 이곳에 입원할 때는 깊은 수렁에 빠지는 기분이었는데 조금 씩 생기가 돌았다.

"내일 당장 죽고 싶어도 참아. 모레는 멋진 날이 기다리고 있을 거야. 그 멋진 날을 만나야지."

여자는 끊임없이 윤지에게 희망을 주었다.

여자는 우울증으로 입원했다고 했다. 우울증이 심해지면 자살을 떠올리게 된다고 했다.

자살하고 싶은 마음은 순간적인데, 너무 허무해서 견딜 수 없었다고 했다.

"내가 이러다 죽겠구나."

그 생각이 들자 겁이 덜컥 났다고 했다.

"나는 셀프 입원이야."

여자가 해맑게 웃었다.

이곳에 있는 사람들은 모두 여리고, 순한 사람들이었다. 저마다 끔찍한 아픔을 안고 있었지만, 같은 상처를 가졌기에 서로를 주저 없이 보듬어주었다.

또한 서로에게 친절했다. 삶이라는 힘겨운 싸움을 치르고 있다는 걸 알기에 응원하고, 바라봐 주었다. 입원한 사람들 대부분은 이곳이 오히려 편하다고 느끼고 있는 듯했다.

얼마 뒤 남자 대학생이 입원했다. 이름은 성수. 성은 성 씨, 이름은 순수할 수. 훤칠한 키에 잘생긴 얼굴, 서글서글한 인상이었다.

입원하자마자 병실마다 돌아다니며 인사를 했다.

"최고 대학교! 정치외교학과 2학년, 성수입니다. 잘 부탁드립니다."

매력적인 어투에 표정은 개그맨처럼 익살스러웠다.

입원하게 된 이유는 조울증이었다. 하지만 조울증이 심해진 건 '미투 운동' 피의자가 된 이후부터라고 했다.

학교에서 동기 여학생에게 뜬금없이 물었다고 한다.

"몸무게가 얼마야? 허리 사이즈는?"

많은 사람이 있는 자리에서 던진 질문이었단다.

대체 왜 그런 질문을 했는지 알 수 없지만, 그 한마디로 피의자가 되었다고 했다.

"아니 물어 본 게, 그게 왜 죄야?"

다음 날부터 병동의 간호사들과 환자들에게도 같은 질문을 해댔다. 제집처럼 병동을 누비며 끊임없이 되풀이했다.

"억울해. 억울하다고!"

밤이면 소리치고 울부짖었다. 시뻘겋게 달아오른 얼굴로 엄마를 부르짖곤 했다. 제 손으로 제 뺨을 마구 갈겨대는 소리가 짝, 짝, 복도에 울려 퍼졌다.

곧 진정제가 처방되었고, 결국 진정실로 옮겨졌다. 성수는 피해자가 아니라 피의자가 될 소지가 충분해보였다. 윤지와 같은 병실 여자들에게도 같은 질문을 던져댔기 때문이다.

"날씬한 걸? 신장 사이즈 얼마야? 몸무게는?"

느물거릴 때마다 모두 안색이 변했다. 그뿐만이 아니었다.

윤지를 비롯해 입원한 중학교 3학년 여학생 셋을 공동거실로 불렀다.

"카드게임 하자. 응?"

거절할 수 없는 분위기였다. 사실상 강요였다. 안 한다고 하거나 못 한다고 하면 표정이 싹 바뀌었다. 무섭게 노려보았다.

"어린 너희를 보면 동생 같아. 정말 좋아. 환상이야."

너무나 아무렇지 않게 말했다. 그의 표정은 한순간 밝아지더니, 기분이 좋아진 듯 떠들어댔다. 하지만 그 자리의 공기는 점점 무거워졌다. 어색함과 불쾌감이 짙어졌다.

윤지는 그 상황을 힘들었던지 결국 자해를 시도했다. 같은 병실의 여자가 이를 간호실에 알렸다.

사실 남자 보호사에게 성수 얘기를 안 한 건 아니다. 그렇지만 소용없었다. 보호사는 크게 난동을 피우거나 말썽을 피우지 않으면 제제하지 않았다.

성수는 담당 교수님에게 몇 번을 불려 다녔다. 그러다가 몇 번 진정실로 끌려가더니 퇴원을 했다.

입원과 퇴원을 반복하는 사람도 많았다. 입원 후 내내 잠만 자던 아줌마가 삼일 만에 퇴원했다.

그 자리에 '파리' 아줌마가 들어왔다. 아줌마는 한국 사람이었지만, 프랑스 파리를 사랑해서 붙여진 별명이라고 했다. 아줌마는 누구든 눈만 마주치면 파리에 대한 이야기를 쏟아냈다.

"리브 고슈(Left Bank)를 지나던 평온한 오후였어. 분홍빛 가게가 사랑스러웠던 노트르담의 풍경을 지나 생 미셀 부두에 한참 앉아 있었지. 생 루이 섬의 끝에서 볼테르 대로(Avenue Voltaire), 케 데 오르페브르(Quai des Orfèvres), 케 데 플뢰르(Quai aux Fleurs)를 거쳐 뤼 생 자크(Rue Saint-Jacques)를 떠돌았어.

5월의 밤은 다시 나를 찾더군. 샤틀레(Châtelet)는 물랭 드 라 갈레트의 봄날 같았지. 뤽상부르 정원의 오후를 지나면 곧 상젤리제 거리로 이어졌어.

아! 거리를 떠돌다가 만난 파리 오페라 광장은 눈을 감아도 선명해. 오스만 대로(Boulevard Haussmann)의 모퉁이를 돌면 군침이 돌던 빵집의 고소한 냄새는 환상이었어. 생 라자르 지구를 떠나 포르트 데 릴라 역 앞에서 팔던 맥주도 그립고, 나시옹 광장의 그 풍경이 특히 그리워!"

파리를 떠올리며 눈을 감는 아줌마의 얼굴에는 황홀한 기쁨이 깃들어 있었다.

"라파예트 백화점이나 생투앙 벼룩시장(Marché aux Puces de Saint-Ouen)도 걷기에 참 좋았어. 실물 인형 극장도 보고, 비가 내린 뒤 바라본 파리의 조감도는 8월의 빛으로 가득했지. 아직도 벨빌에서의 겨울 저녁은 나를 기다리고 있을 거야. 암, 기다리고 말고.

눈 내리는 몽마르트르 계단은 또 어떻고. 콩시에르주리(Conciergerie)에서 들리던 캐럴은 꿈결 같았어. 나는 이렇게 파리가 그리운데, 과연 파리도 나를 기억해 줄까?”

파리를 품고 살던 화가 아줌마는 얼마 지나지 않아 퇴원했다. 아줌마는 지금쯤 파리에 도착했을까?

다음 날 그 자리에 스물다섯 된 선주라는 여자가 왔다. 간호실 벽에 붙은 입원현황판에 DX: MDD라고 적혀 있었다. 우울증이었다. 보기에도 많이 우울해 보였다. 병실 창마다 설치된 쇠창살이 보기 싫다며 커튼을 쳐달라고 울부짖었다.

닫혔던 커튼은 윤지 엄마가 면회 오면서 열렸다. 햇살은 기다렸다는 듯 병실로 들어와 놀았다.

윤지 엄마가 ‘도깨비 빤스’라는 동요를 조용히 흥얼거렸다.

“도깨비 빤스는 더러워요. 냄새나요. 오천 년 동안이나 안 빨았어요.” 노랫소리가 들렸나 보다. 여자가 갑자기 윤지를 불렀다.

“너 빤스 더러워? 안 빨아? 빤스 때문에 입원한 거야?”

여자는 뜬금없이 예상 밖의 질문을 던졌다. 윤지와 엄마는 황당함에 서로 눈만 마주쳤다.

문제는 면회 시간이 끝난 뒤였다. 윤지가 복도에 나와 걷기 운동을 할 때, 남자 중학생이 다가와 아는 체를 했다.

"윤지 누나. 선주 누나가 윤지 누나 빤스 어쩌고저쩌고 지랄하던데?" 음흉하게 빙글거렸다. 윤지는 못 들은 척 가던 길을 갔다. 붉어진 얼굴을 한참 동안 들지 못했다.

'도깨비 빤스'는 곧 사라졌지만 수치심은 이어졌다. 바로 주사였다. 환자들은 저녁 아홉 시면 진정제 주사를 맞았다. 병실 침대에 누워 맞는 엉덩이 주사인데도 간호사는 열린 병실 문을 신경 쓰지 않았다. 남자 환자들이 수시로 복도를 지나다니는데도 말이다. 가림막도 없이, 무방비 상태로 몸을 드러내야 하는 순간, 윤지는 주체가 아니라 누군가에게 관찰되는 '몸'이 되었다. 주삿바늘의 아픔보다 존엄성이 짓밟히는 모욕감이 더 컸다.

병실 문을 닫아도 문제는 있었다. 문 위쪽에 있는 직사각형 투명창으로 병실 안이 죄 들여다보였다. 아니나 다를까, 남자 환자들은 복도를 지나다닐 때마다 그 창에 얼굴을 대고 여자 병실을 들여다보았다. 문이 열려 있으면 기웃거리거나 병실로 들어오려 삐죽거리기도 했다. 음흉한 눈빛으로 병실을 훑는 건 예사였다.

그 점을 간호사들은 크게 의식하지 않았다. 불상사가 생기더라도 남자 보호사가 제재할 수 있다는 자신감 때문이었을까. 참다 못한 윤지가 간호사실에 우물쭈물 말했지만 개의치 않는 듯했다.

주사 맞을 시간이 되면 윤지는 신경이 곤두섰다. 주삿바늘의 아픔보다 무력감과 수치심이 더 컸다.

윤지는 더 이상 참을 수 없어 혜정쌤에게 상담 요청을 했다.

"쌤, 저 주사 맞을 때 너무 수치스러워요! 괜찮지 않아요!"

곪은 침묵을 깨트렸다. 그 침묵을 깬 뒤에야, 비로소 병원 시스템은 개선이 되었다.

마흔이 훌쩍 넘은 민머리 남자 환자가 있었다. '치외법권'이라는 별명을 가진 남자가 복도를 걷는 윤지를 붙잡았다.

"너의 핵심 감정은 분노 같다. 원인 리스트를 적어 와!"

다짜고짜 비평하듯 눈빛을 빛냈다. 당황스러운 일이지만 좁은 병동에서 늘 마주치니 거부할 수 없었다.

윤지는 한 번은 적어 갔나 보다. 왜 적어갔는지는 모르겠으나, 아무튼 그것으로 끝이 아니었다. 틈나는 대로 요구하고, 확인했다. 상담을 해주겠다고 했다. 복도 끝 테이블 의자에 윤지를 앉혔다. 병실에도 못 가게 잡아두었다. 싫은 티를 내는데도 어깃장을 놓으며 못 가게 했다.

윤지의 두려움이 폭발했다. 그 모습을 지켜보던 보호사가 다가와 윤지를 병실로 보내게 된 것이다. 그 이야기가 간호사들 귀에 들어간 뒤 담당 교수님 지시로 접근 금지 명령이 내려졌다.

문제는 '치외법권'의 폭력성이었다. 밤만 되면 괴성을 지르며 벽을 쳤다. 그런데 이번에는 좀 더 심했다. 병동 전체가 울릴 정도였다.

윤지에게 그랬던 것처럼, 같은 병실 할아버지에게 다가가 덮어 놓고 소리쳤다는 것이다.

"영감! 당신의 핵심 감정은 분노 같소. 원인 리스트를 적으시오!"

"좀 조용히 합시다. 내 병은 병원이 고치니까."

분통이 터진 할아버지가 대거리를 했다고 한다. 그러자 갑자기 복도로 뛰쳐나가 천장으로 점프를 했다는 것이다.

와장창! 쿵 쾅 쿵!

조명을 주먹으로 쳐서 부쉈다. 공동 거실 텔레비전도 박살이 났다. 입원 환자들은 숨죽인 채 두려움에 떨었다.

곧이어 병동 문이 열렸다. 구둣발 소리들이 다급하게 몰려들었다. 묵직하고, 낮은 남자의 신음 소리가 들렸다. '치외법권'이 제압당하는 것으로 짐작했다. 곧장 붙들려 나가는 소리도 들렸다.

병동 문이 닫히면서 적막이 찾아들었다. 숨죽였던 환자들은 날선 귀를 내려놓았다.

학교만 나오면 모든 것이 해결될 줄 알았다. 그런데 아니었다. 어딜 가든 인간관계가 가장 힘들었다. 결국 세상은 장소만 달라질 뿐, 자신을 지켜내야 하는 싸움은 어디에나 있었다.

⑭ 그 여자, 신은영

　깊은 밤, 병동이 갑자기 소란스러워졌다. 묵직한 남자의 구둣발 소리와 간호실 접수대에서 오가는 다급한 목소리가 긴장감을 더했다. 병동 문이 바쁘게 열리고 닫혔다. 굳이 신경을 곤두세우지 않아도 소란스러움이 고스란히 전해졌다. 병실은 밤 열 시면 취침 시간이지만, 그때는 이미 열한 시를 넘긴 듯했다.

　환자는 스물셋의 나이에 자그마한 체구를 가진 신은영이라는 여자였다. 까무잡잡한 피부가 윤기가 났다. 명랑했고, 자신감이 넘쳤다. 광고회사에서 일한다고 했다.

　그런데 회사에서 성추행 사건이 터졌다고 한다. 피해자는 한 여자 후배였고, 그 직원이 신고를 했다는 것이다. 하지만 신은영은 억울하다며 자해를 시도했고, 어머니가 신은영을 폐쇄병동에 입원시켰다고 했다.

　진짜 문제는 다음 날부터였다. 신은영은 병원을 나가게 해달라며 난동을 부리기 시작했다. 몇 날 며칠을 울부짖었다. 낮에는 환자들과 쉽게 어울리며 병실을 이곳저곳 옮겨 다녔지만, 밤이 되면 전혀 다른 사람이 되었다. 마치 뱀파이어처럼 등골이 오싹하게 만들었다.

"가만 안 둘 거야!"

날카로운 목소리는 독이 잔뜩 오른 듯, 분노에 차 있었다.

"우리 집 부자야. 변호사를 왕창 사서 다 쓸어버릴 거야."

목청을 찢어지게 돋우며 악을 썼다. 병실 안 다른 환자는 눈에 보이지 않는 듯했다.

진정된 아침에는 지나치게 밝아졌다. 깔깔거리며 말투도 격양되었다. 행동은 들쭉날쭉했고, 일관성이 없었다. 신은영 측 변호사가 병동을 드나들었고, 경찰도 다녀갔다.

윤지 엄마가 면회를 오면 엄마를 붙들고 푸념을 늘어놓았다.

"엄마라는 사람이 자기 딸을 입원시켰다니까요. 이런 사람이 엄마예요? 나가면 가만 안 둬!"

분노에 찬 눈빛으로 이를 갈았다. 윤지 엄마는 그저 들어줄 뿐이었다.

그 친밀감이 타깃이 된 걸까. 신은영은 윤지에게 밀착했다. 손을 잡아끌어 뽀뽀를 하거나 뒤에서 끌어안는 행동까지 서슴지 않았다. 윤지는 당황했다.

"하지 마세요, 싫어…."

밀어내며 거부 의사를 밝혔지만 소용이 없었다.

"너 허리가 늘었네?"

신은영은 아무렇지도 않게 자신의 팔로 윤지 허리를 감거나 엉덩이를 툭툭 쳤다. 자신의 입원 이유가 성추행 사건이었음에도 불구하고, 그녀는 같은 병동에서 또다시 성추행을 저질렀다. 더구나 대상은 동성의 미성년자였다.

계속된 성추행에 윤지는 입을 다물었다. 몸이 얼어붙었고, 머릿속이 새하얘졌다. 학교에서 겪었던 일들이 고스란히 떠오르면서 두려움이 온몸을 마비시켰다.

열흘 뒤, 신은영은 퇴원했다. 신은영이 떠난 후에야 윤지는 엄마에게 모든 것을 털어놓았다.

윤지의 말을 듣는 내내 엄마의 얼굴은 백짓장이 되었다. 두 눈을 감았다 뜨기를 반복하더니 이내 붉게 물들었다. 그런 엄마를 차마 쳐다볼 수 없어 고개를 푹 숙인 윤지를 엄마가 다정하게 당겨 안았다.

"우리 딸, 얼마나 무서웠을까. 혼자 얼마나 힘들었니."

엄마의 따뜻한 말에 그만 윤지는 울음을 터뜨리고 말았다. 쉴 새 없이 쏟아지는 뜨거운 눈물에 엄마의 옷이 흠뻑 젖었다. 얼굴은 눈물로 번들거렸지만, 엄마는 묵묵히 윤지의 등을 쓰다듬고 또 쓰다듬었다.

얼마 뒤 엄마가 꾹꾹 눌러 담았던 진심을 조심스레 꺼내 놓았다.

"윤지야, 이 문제는 없었던 일로 넘길 순 없어. 우리가 할 수 있는 일을 하자. 어떻게 하면 좋겠니."

엄마가 차분한 눈빛으로 윤지의 대답을 기다렸다. 잠시 뒤 윤지는

"사과면 돼, 엄마. 사과 받고 싶어."

힘주어 대답했다. 그 어느 때보다 흔들림 없는 목소리였다. 엄마도 그런 윤지를 바라보며 고개를 끄덕였다. 이제 엄마는 윤지를 대신해 해결하는 사람이 아니라, 윤지와 동행하는 사람이 된 것이다.

엄마는 며칠 동안 산책을 이어가며 결심을 굳혔다. 마침내 신은영에게 보낼 편지를 썼다. 그 편지에는 사과를 바라는 윤지의 마음이 고스란히 담겨 있었다.

안녕하세요, 신은영님. 윤지 엄마입니다.

계속 마음이 좋지 않아서 이렇게 글을 드립니다. 어쩌다 이런 일로 서로 얼굴을 붉히게 되었는지 너무나 가슴이 아픕니다.

저희는 형사를 통해 윤지에게 진심으로 사과할 마음이 있는지 물었습니다. 전화로라도 사과를 해줬다면, 윤지도 용서할 마음이 있었습니다. 하지만 은영님은 사과할 마음이 없다고 전해 들었습니다. 저희는 너무나 실망했습니다.

은영님도 잘 알지요? 윤지가 왜 병원에 입원했는지요. 삶을 포기하고 싶을 만큼 깊은 상처를 안고 어린 나이에 폐쇄병동에 들어와야 했습니다.

은영님은 윤지가 예뻐서 뽀뽀를 하고, 쓰다듬고, 만지고, 끌어안았다고 했지만, 윤지에게는 이 모든 것이 예측할 수 없는 극도의 혼란과 공포였습니다. 윤지는 무서움에 몸이 굳어버렸고, 아무것도 할 수 없었습니다. 그 당시의 무기력했던 자신을 떠올릴 때마다 윤지는 깊은 혼란에 빠졌습니다.

입원한 동안 원치 않는 신체 접촉을 당했다며 가만히 누워 있다가도 소리를 지르며 분노를 표출하는 윤지를 볼 때마다 숨이 막히는 고통을 느꼈습니다. 그러나 한편으로는 '은영님은 왜 그랬을까' 하는 의구심이 들었습니다.

두 사람 모두 아픈 사람들이었기에, 저는 제 아이의 아픔만 생각할 수 없었습니다. 그것이 엄마의 마음 아니겠습니까?

윤지는 아직 어린 미성년자입니다. 성인인 은영님이 자신의 몸과 마음을 멋대로 침범했던 행동을 떠올릴 때마다 윤지는 분노에 휩싸였습니다. 그 감정을 평생 안고 살아가야 한다는 사실을 생각하지 않을 수 없습니다. 은영님도 이를 분명히 알았으면 했습니다. 윤지가 안고 갈 그 큰 상처를 생각하면, 은영님의 진심 어린 사과를 꼭 받아야 했습니다. 사과란 단순히 '미안하다'는 말이 아니었습니다. 그것은 윤지가 겪은 고통이 결코 가볍지 않았다는 것을, 그 모든 공포가 윤지의 잘못이 아님을 인정하는 유일한 길이었습니다. 하지만 끝내 사과를 거부했습니다.

지금 이 글을 적는 순간에도 마음이 너무 아픕니다. 저희가 바라는 것은 단 하나, 은영님이 역지사지의 마음을 가져주기를 바라는 것입니다. 정말로 윤지를 예뻐했다면 말입니다.

안녕히 계십시오.

이후에도 윤지는 자신이 무방비 상태였다는 것과 그 순간의 공포가 얼마나 압도적이었는지를 깨닫고 자책했다. 억눌렀던 감정이 한순간에 폭발하기도 했다.

복도에 비치된 손소독제를 집어 들고 그대로 삼키려 했다. 병원에 입원한 것도 벅찼는데, 뜻밖의 일까지 겪으며 모든 감정이 무너져 내린 것이다.

'자꾸 자해 충동이 올라와. 신은영, 그 여자만 생각만 하면 분노가 치밀어. 내가 바보처럼 느껴져. 왜 강하게 싫다는 말을 못했을까?'

일기를 쓰며 스스로를 나무랐다. 힘이 빠진 윤지는 지그시 창밖만 바라보았다. 복도를 걷던 운동도 그만 둔 채 자꾸 침대에 누우려 했다.

⓯

조개 패

　　윤지의 상태를 더 이상 방치할 수 없다고 판단한 엄마는 결국 신은영을 고소했다.

　　이것은 단순한 오해가 아니었다. 윤지가 느낀 공포와 불편함은 명백한 현실이었다. 아직 어린 윤지가 감당하기에는 너무 벅찬 일이었다. 이는 윤지의 안전과 존엄성을 위협한 사건이었다. 상대방이 윤지의 입장에서 깊이 생각하고, 사과하기를 바라며 변호사를 선임했다.

　　그로부터 열흘 후, 윤지 측 변호사가 면회 시간에 찾아왔다.

　　변호사는 차분한 목소리로 말을 이어갔다.

　　"가해자가 잘못한 것은 분명하니 조정에 들어가면 합의금을 얼마라도 받으세요. 그래야 신은영도 학생에게 저지른 죄를 조금이나마 갚을 수 있는 겁니다. 그걸 속죄라고 하는 거예요. 속죄(贖罪)는 돈이나 노력으로 지난날의 죄나 과오를 씻는다는 뜻이고요. 한자를 보면 조개 '패' 변이 들어가죠. 조개 패가 돈을 의미하거든요.

'돈으로 어떻게 죄가 갚아지냐?'고요? 돈이라는 걸 벌려면 얼마나 힘이 듭니까. 피와 땀과 노력이 들어가잖아요. 그러니까 돈 백만 원을 준다는 건 '내가 그 집에 가서 백만 원어치 일을 해주는 것과 같은 의미'가 되는 겁니다. 속죄라는 게 그런 것이죠.

합의금이라는 것도 마찬가지예요. '내가 가해자에게 속죄할 기회를 주는 것도 나쁘지 않다. 구치소에 가서 속죄하는 방법도 있고, 돈으로 속죄하는 방법도 있다.' 돈으로 속죄하는 것을 형사법 절차에서는 합의금이라고 하는 겁니다.

미성년자에게 상처를 입혔으면 '나는 그런 의도가 아니었다.'라는 변명보다는 사과하는 것이 당연한데, 그렇지 않잖아요. 오늘까지도 사과는 없었습니다. 오히려 '예뻐서 그랬다고 성추행할 의도가 아니었으니 사과 못 한다.'는 태도를 보이니까 괘씸한 것이죠.

합의금을 받아야 합니다. 부모님이 소송을 진행하느라 직업에 충실하지 못하게 됐잖아요. 그것이 손해죠. 손해 본 것을 무엇으로 벌충해야 할까요? 합의금을 받아야 한다는 겁니다. 그것으로 윤지 학생의 심리 치료비로도 써야 합니다.

손해 본 것이 얼마냐고 그쪽 변호사가 물어올 겁니다. 하지만 학생이 잘못해서 그렇게 된 게 아니잖아요. 잘못한 것은 가해자니까요. 가해자 역시 같은 환자였지만 성인이었고요. 어쨌든 미성년자가 피해를 본 것입니다.

검사가 가해자를 두둔하지는 않을 겁니다. 잘못한 것을 잡아 처벌하는 것이 검사의 일이니까요. 검사가 보기에 물론 가해자가 악질이라고까지는 보지 않았을 거예요. 여자고, 입원 환자였으니까.

그래서 형사조정을 제의한 것이겠죠. 하지만 손해 본 것에 대한 보전은 반드시 해야 합니다. 안 그러면 후회합니다. 왜 우리가 손해를 봐야 합니까? 가해자에게 합의금을 받는 것은 나쁜 일이 절대 아닙니다. 학생 상처를 덧나게 만든 거잖아요.

아무튼 '내가 전생에 가해자에게 모질게 했나?' 그렇게 생각한다면 합의금 안 받아도 되고요. 현실로 생각하면 손해 본 만큼 받는 것이 당연합니다. 현실에서 그 사람이 잘못을 한 거잖아요. 기소유예나 무죄 판결이 나오면 그냥 그러라고 하세요. 학생이 그냥 당한 거잖아요.

그야말로 '내가 가해자에게 전생에 빚을 졌나 보다.' 생각하면 끝나는 거고요."

변호사가 잠시 숨을 돌렸다.

"가해자가 우리를 무고로 고소하거나 배상을 청구할 수도 있나요?"

엄마가 궁금했는지 질문을 했다. 변호사는 가지고 온 생수 뚜껑을 열어 마시다가 후다닥 손사래를 쳤다.

"아! 무고는 절대 아닙니다. 그런 일은 절대 일어날 수 없죠.

0%입니다. 가해자가 됐다가 무죄가 됐다고 무고가 아니잖아요. 유죄 판결을 받으면 더 안 되는 거고요. 무죄 판결을 받으면 오히려 민사로 배상을 해줘야죠. 범죄자니까요.

더구나 가해자가 무슨 배상을 청구합니까? 자신이 잘못해놓고. 오히려 학생에게 배상을 해줘야지. 설사 무죄가 됐다고 하더라도 그 행위가 인정이 안 되는 것은 아닙니다.

미성년자가 성적으로 수치심이나 불쾌감을 느꼈잖아요. 그 사실은 법원도 인정하는 거잖아요. 불기소나 무죄 판결이 나오는 건 가해자가 폐쇄병동에 입원한 것을 참작한 것일 거예요. 즉, '아파서 판단력이 흐려진 상태다. 그러므로 이걸 처벌하기는 그렇다.' 이런 판결일 거 아니에요. 그렇다고 학생이 잘못한 게 아니잖아요. 그걸 왜 학생이 돈을 물어줘요?

무죄 또는 집행유예는 말이죠, 사실은 인정되나 병이 있어서 그런 거니까 보호관찰이나 치료감호 처분이 있을 수도 있다는 겁니다. 예를 들어 형사 처벌하지 말자고 하더라도 말이죠. 그 사실이 재판에서 인정이 되면 그걸 가지고 학생이 민사 배상을 청구할 수 있는 거예요. 꼭 유죄 판결이 안 나와도요. 혹시 민사로 갔을 때 '가해자가 무고로 손해배상을 청구한다'는 말도 안 되는 그런 걱정은 그야말로 기우입니다. 기우!"

변호사는 따끔하게 말했다. 윤지 엄마는 생각할 시간을 달라고 했다. 변호사는 다시 가방에서 생수병을 꺼내 목을 축이더니 설명을 보냈다.

"여담이지만, 윤지 학생이 학교폭력을 당했잖아요. 아이러니하게도 저희가 얼마 전에 학교폭력 가해자 수임을 진행했는데요. 조금 전에 판결 받은 내용을 말씀드릴게요.

법원: 해당 가해자는 현재 철저히 반성하고 있다고 인정되며 아직 상황 판단에 미숙한 미성년자임을 감안하여…(중략) 피해자 또한 가해자와 시비를 다투거나 쌍방에 폭력이 오고가는 등 일절의 문제가 없었다고 보기 어렵다. (중략) 가해자는 앞으로 미래에 자신의 잘못을 뉘우치고 개과천선할 여지가 다분하다. 따라서 본 법정은 가해자에게 사회봉사 50시간에….

가해자가 이겼습니다. 힘센 로펌에게 돈을 많이 쓰면 사랑스러운 판결이 날 확률이 높죠."

변호사는 담담하게 현실을 짚어주었다.

"학교에서 학교폭력을 해결하지 못하는 이유는 간단합니다. 학교폭력 자체가 학교에 피해를 줄 수 있거든요. 교사에게도 직간접 피해가 갈 수 있고요. 모든 것이 학교에 안 좋게 작용할 거라는 생각이 크죠. 소극적 대응을 할 수밖에 없습니다. 이는 군대나 사회 같은 조직과 유사합니다.

근본적인 해결 방법은 강력한 법적 권한을 갖춘 학교폭력 해결

기구가 있어야 하는데요. 안타까운 건 지금은 학교폭력 가해자의 양상이 달라졌어요.

그냥 노는 애들이 학교폭력을 하는 게 아니라 잘살고, 힘 있는 집 애들이 대부분 학교폭력을 합니다. 그러다 보니 우리와 같은 힘센 로펌을 찾고요. 강력한 법적 권한을 갖춘 학교폭력 해결 기구가 생긴다고 해도 큰 기대는 하지 않는 편이 낫습니다.

제가 드릴 말씀은 아니지만 원칙과 정의가 사라지고 있는 듯합니다. 어쩌다 이런 사회가 되었을까요?”

변호사는 한숨을 내쉬며 자리를 정리했다. 마지막으로 엄마를 바라보며 나직이 당부했다.

“결국 선택은 피해자의 몫입니다. 원하시는 방향으로 가세요.”

변호사는 이런 말을 남기고 떠났다.

가해자 신은영의 사과문이 며칠 뒤 도착했다. 검찰을 통해 팩스로 전달된 것이었다.

엄마는 그 사과문을 여러 번 꺼내 노려보았다. 적을 발견한 병사의 눈빛이었다. 쉽게 사그라질 분노가 아니었다.

며칠 고민하던 엄마는 한 성인의 말을 떠올렸다.

‘원한이 원한을 낳아 끝없이 반복된다. 상대가 잘못했다는 것을 밝혀낸다고 해서 우리의 심리적 평화가 보장되는 것은 아니다. 윤회가 끝나려면 덮을 줄도 알아야 한다. 예수님이나 부처님이 원수를 원수로 갚지 말라고 한 것과 같은 이치다.’

옳은 말이었다. 억울함을 풀면 순간의 후련함은 있을지 모른다. 그러나 그것이 과연 최선일까. 과거의 상처를 들추고 반복하는 것은 끝없는 고통의 굴레에 스스로를 가두는 일일 뿐이었다.

엄마는 결단을 내렸다. 윤지가 더 이상 이 아픔 속에서 허우적대길 바라지 않았다. 가해자가 했던 행동을 떠올리며 문득 두려운 예감이 스쳤다. 혹여나 훗날 학교나 일상으로 찾아와 또다시 상처를 주지는 않을까 하는 것이다. 이젠 더 이상 엮이고 싶지 않았다. 엄마는 윤지와 상의해 결국 고소를 취하했다. 조개 '패'가 의미하는 보상조차 거절했다. 윤지가 원했던 것은 가식 없는 진심 어린 사과였으니까.

윤지는 팩스 사과문을 착착 접어 지갑에 넣었다.

언제였던가. 어느 해 늦여름이었다. 윤지는 엄마와 깊은 산 휴양림으로 캠핑을 간 적이 있었다. 늦게 도착해 텐트를 치고 잠이 들었는데, 새벽녘 폭우가 쏟아졌다. 크르릉, 콰르릉, 쿵, 쾅! 텐트를 뒤흔드는 비바람과 무시무시한 계곡물 소리에 윤지는 잠이 깼다. 간담이 서늘해졌다. 하필 예약한 자리는 계곡과 가까운 곳이었다.

곧 와지끈! 젖은 텐트가 무너지고 윤지는 비명을 질렀다. 칠흑 같은 어둠과 내리꽂히는 작살비, 살갗에 달라붙은 젖은 옷이 뼛속까지 시리게 했다. 엄마는 모든 것을 내팽개친 채, 다 큰 윤지를 업었다. 그 순간 모든 두려움이 사라졌다. 엄마가 있었으니까.

폭우 속을 헤치며 주차장까지 가는 길은 바윗길이었지만, 엄마는 말했다. 엄마만 믿으라고.

고난이 전사를 만든다고 했던가. 비바람을 뚫고 희망을 찾아가는 일, 그것은 우리가 평생 해야 하는 일이라고. 길을 잃었을 뿐, 빛까지 잃은 것은 아니라고. 윤지는 무릎이 풀썩 꺾일 때마다 그 기억을 떠올렸다. 사막 한가운데 홀로 선 낙타가 된 지금도 그 기억만은 악착같이 붙잡았다.

⑯
운명은 가끔 장난을 친다

4월 30일. 병실 밖은 완연한 봄이었다. 벚꽃이 흐드러지게 피어났다. 윤지가 입원한 지 47일째 되는 날이었다.

3학년 1학기 중간고사 날, 시험날짜가 다가오면서 불안감이 극에 달했다. 책장을 넘길 때마다 손이 떨렸다. 문장을 읽어도 글자가 머릿속에 박히지 않았다.

병원에서 틈틈이 공부했다. 어떻게든 진도를 따라잡아야 했다. 시험을 봐야 했다. 의사가 되겠다는 꿈을 위해, 성적을 만들어 놔야 했다.

하지만 담당 교수님은 퇴원을 허락하지 않았다. 윤지는 중간고사를 치르지 못하게 된 것이다.

와그르르, 모든 것이 무너지는 소리가 들렸다. 벽돌처럼 차곡차곡 쌓아둔 노력과 시간들이 한순간에 무너지는 소리였다. 성적표 위에서 사라지는 우수한 숫자들과 허공으로 흩어지는 목표들을 보며 윤지는 어깨를 들썩이며 서럽게 울었다.

나중에는 목이 메어 소리조차 나지 않았다. 병원에서 혼자 밤을 지새운 날들이, 끈질기게 버텼던 시간이, 모조리 무너지는 순간이었다.

병으로 시험을 치르지 못하면 마지막 치른 시험 성적의 80%로 환산된다고 했다. 그러나 윤지는 그 성적으로는 의대에 갈 수 없다고 생각했다. 가능성이 닫혀버린 것 같았다.

가해자를 피해 도망치지 않았고, 전학도, 자퇴도 하지 않았다. 끝까지 버티겠다고 결심했다. 그런데 결국 이게 뭐야. 세상은 불공평했다. 아팠던 건 윤지인데, 무너지는 것도 윤지였다.

그날 오후였다. 옆 병실의 남자 레지던트 2년 차가 담당도 아니면서 윤지에게 상담을 요청했다.

'쫄쌤'이라는 별명이 붙은 레지던트였다. 의사 가운 안에 정장 바지 대신 남자 레깅스를 입고 다닌다는 이유에서 붙은 별명이었다. 윤지는 상담실에서 쫄쌤과 마주 앉았다.

"네가 중간고사며 성적 스트레스가 심하다는 이야기를 들었어. 거기에 대해 해주고 싶은 말이 있어서 상담을 신청했어."

쫄쌤은 윤지에게 큰 눈을 맞췄다.

"나는 사회에서 다른 일을 하다가 의사가 된 케이스야. 그래서 나와 같은 2년 차 레지던트들은 나보다 한참 어리지. 그들보다 무려 일곱 살이나 많아.

우리 아버지가 많이 아프셨어. 수많은 병원을 모시고 다녔지만 병명조차 알 수 없는 희귀병이었지. 점점 힘이 빠지는 아버지를 그저 바라볼 수만은 없었어. 아버지 증상을 공부하다가 의사가 되기로 결심했지. 평생 처음 악바리처럼 공부했어. 그렇게 해서야 비로소 의사가 될 수 있었어.

윤지야, 네 시간 창고에는 아직 무궁무진한 시간이 남아 있어. 반드시 그래야 한다, 이런 생각 하지 마.

인생에는 ‘반드시’, ‘결코’, ‘절대’ 같은 말은 없어. 조금 돌아가도 돼. 조금 쉬었다 가도 돼. 아무 문제없어. 오케이? 힘든 과정을 통해 가치 있는 걸 얻게 될 거야, 멋진 황윤지!”

쫄쌤의 이야기를 들으며 윤지의 굳어 있던 낯빛이 서서히 풀렸다. 물기 어린 눈이 반짝 밝아졌다. 가슴을 짓누르던 불안이 조금씩 옅어졌다.

“이건 여담이지만 내 친구 이야기야.”

쫄쌤이 잠시 뜸을 들이더니 나직이 읊조렸다.

“영재 소리를 듣던 친구였어. 과학고에 입학했는데 조롱을 당했어. 가난한데 머리가 좋아서 입학했다는 이유 때문이었지. 돈으로 선행 학습을 한 가해자들은 그 친구를 비웃었고, 따돌림은 점점 심각해졌어. 결국 그 친구는 끔찍한 일을 당했어. 학교폭력으로 비장이 파열되고, 안와골이 함몰되는 참혹한 사고를 겪었지. 상가 건물 2층에서 집단 구타를 당했고, 필사적으로 도망치려다 그만 추락하고 말았어.

기적적으로 살아났지만, 서너 번의 대수술을 받아야 했어. 마지막 수술실에 들어가기 전, 내 귀에 속삭였어. 너무 고단해서 차라리 수술 중에 죽었으면 좋겠다고. 그 말이 내 가슴을 후볐어.

열두 시간이 넘는 수술 끝에 중환자실로 옮겨졌지. 일반 병실로 돌아온 후 처음으로 그 친구는 '죽고 싶다'는 말을 하지 않았어.

훗날 들은 이야기지만, 전신마취에서 깨어났을 때 의사가 손을 잡아줬는데 정말 따뜻했다고 하더라. 자신도 모르게 눈물이 흘렀대. 몇 번이고 같은 말을 반복했대.

'살려주셔서 감사합니다. 감사합니다.'

몇 번이고 같은 말을 반복하며 의사 손을 잡았대.

그 친구를 몇 년 뒤에 다시 만났어. 완전히 다른 사람이 되어 있었지. 차분한 목소리로 말하더라.

'나를 처참하게 만든 그들의 악행에 집착했어. 그러는 동안 내 인생도 엉망이 되더라. 억울함을 푸는 것에만 골몰할수록 괴로움도 함께 커졌어. 미워하고 복수하려 할수록, 내 감정과 시간을 소모할수록, 마음은 공허해졌지. 복수를 하려면 평생 그 분노를 끌어안고 살아야겠더라고.

그렇게 사는 것은 사는 게 아니었어.

더 이상 내 삶을 낭비할 수 없다는 생각이 들었어. 그러다 깨달았지. 진짜 최고의 복수는 나를 사랑하며 성공하는 것이라는 걸. 복수는 하늘에 맡기고, 증오의 악순환을 스스로 끊었어. 그때서야

비로소 나는 나 자신을 되찾고, 나만의 길을 걸어갈 수 있었지.

덕분에 성장할 수 있었고, 지금의 내가 될 수 있었어. 만약 그 억울함에 매달려 있었다면, 나는 지금도 과거에 갇혀 있었을 거야. 원한을 원한으로 갚지 않기를 잘했다고 생각해. 학교폭력에 시달렸던 친구들 중엔 억울함을 끝까지 밝혀낸 애들도 있어. 하지만 그게 마음의 평화를 보장해주지는 않아보였어.'

그렇게 말하는 친구 얼굴이 놀랍도록 평온해 보였어. 그 얼굴을 보며 나는 알 수 있었지. 그 친구는 정말로 과거를 보내주며, 앞으로 나아간 거야.

아무튼 그 친구, 지금 세무사가 되어서 잘 살고 있어."

쫄쌤은 환한 미소를 지으며 윤지를 바라보았다. 그의 눈빛은 깊고 단단했다.

"윤지야, 누구나 가슴에 상처를 가지고 살아. 상처는 우리가 지나온 길을 보여 주는 흔적이야. 동시에 우리가 어떤 길을 가야 할지 알려주는 이정표이기도 해. 그러니 그 상처를 부끄러워하지 마. 훈장이나 다름없으니까."

쫄쌤은 윤지에게 씩씩한 웃음을 남기고 자리에서 일어섰다. 문쪽으로 걸어가다 문득 걸음을 멈추고 다시 돌아보았다.

"윤지야."

목소리도 한층 부드러워졌다.

"네가 여기 있는 건 가해자들보다 더 용감하고 정직했기 때문이야. 슬픈 기억은 피할 수 없겠지만, 그 기억에 묶이지는 마. 더 붙잡지 말고 보내줘!"

믿음직한 눈빛을 보내더니 상담실을 나갔다.

윤지는 한동안 그 자리에 가만히 앉아 있었다.

처음으로 어떤 사람이 되고 싶은지 스스로에게 질문했다. 무슨 직업을 가질 것인가가 아니었다. 어떤 삶을 살아야 하는가. 어떤 사람이 되어야 하는가. 어쩌면 우리는 늘 스스로에게 던져야 할 질문을 미루고 사는 건 아닐까.

윤지는 처음으로 닮고 싶은 사람이 생겼다. 쫄쌤이었다. 드러내지 않고, 으스대지 않고도 타인을 감동시키는 힘을 가진 사람이었다. 위대함이란 거대한 힘에 있지 않았다. 그것을 어디에, 어떻게 쓰는가에 있었다. 쫄쌤은 그 모습을 윤지에게 보여주었다.

병원 생활에도 점점 익숙해졌다. 아침이면 교수님과 담당 혜정쌤을 기다리며 하루의 리듬을 찾아갔다. 꾸준한 상담이 조금씩 윤지를 편안하게 만들고 있었다.

⓱
극복이 아니라 겪어내는 것

"오늘도 입원이 있네. 여자 분이고, 마흔 살."

"종교 망상으로 세 번째 입원이라던데."

"아, 그분?"

며칠이 흐른 점심나절이었다. 윤지가 샤워를 마치고 나오는데, 간호사들의 대화가 들려왔다. 윤지는 살짝 이마를 찌푸리며 병실로 향했다. 자신의 침대 옆이 비어 있었다. 아니나 다를까, 잠시 후 짐 가방을 든 중년 여성이 들어왔다. 중학교 사회 선생님이라고 했다.

환자를 입원시키러 온 동생이 복도에서 통화하는 소리가 들려왔다. 윤지는 무심코 그 목소리를 따라갔다. 차분하지만 지친 기색이 역력했다.

"나은이, 여은이 잘 있지? 응, 응. 병원이야. 이제 막 병실에 도착했어. 알지, 괜찮아. 수혜 언니가 나은이, 여은이 붙잡고 무섭게 하는 바람에 애들이 얼마나 울었는지 몰라. 응, 응. 나은이는 결국 경기까지 했어. 응, 응."

윤지는 가만히 그 목소리를 듣고 있었다. 타인의 슬픔이 공기처럼 스며들었다. 이 병동은 요동치는 심장이 찾아드는 곳이었다.

수혜 아줌마는 두 아이의 이모였다. 두 아이의 엄마는 감정을 지운 얼굴로 병실과 간호사실을 오갔다.

수혜 아줌마의 입원은 처음이 아닌 듯 보였다.

"또 뵙네요."

"안녕하세요, 잘 지내셨어요? 힘들어서 어째요."

간호사들이 연신 아는 체를 했다.

"아이들이 이모와 있으면 힘들 텐데…."

수간호사가 깊은 한숨을 내쉬었다. 동생 가족과 언니가 함께 살았던 모양이다.

수혜 아줌마는 점잖았다. 물론, 처음엔.

교사답게 지성미가 넘쳤다. 말투는 단정했고, 어휘도 남달랐다. 그러나 그 차분함은 오래가지 않았다. 동생이 돌아간 뒤, 서서히 변하기 시작했다.

침대에 누운 아줌마의 입에서 낮고 빠른 중얼거림이 흘러나왔다. 처음엔 속삭임 같았지만, 점점 커지더니 병실을 가득 메웠다. 알아들을 수 없는 말들이 쏟아졌다.

진흙탕처럼 질척이는 소리가 공기 속을 떠돌았다. 낮고 축축하던 음성은 점차 격앙되며 끓어오르듯 치솟았다.

윤지는 등줄기를 타고 스며드는 한기에 몸을 움츠렸다. 마침 다른 환자들은 응접실에 가 있어 병실에는 둘뿐이었다.

'종교망상이라더니….'

천천히 몸을 일으켰다. 이곳을 벗어나야 했다. 한 걸음만 더 떼면 문 앞까지 갈 수 있었다.

그때였다. 수혜 아줌마의 눈과 마주쳤다. 광기 어린 눈빛이 윤지를 꿰뚫었다. 아줌마가 몸을 날렸다. 침대를 박차고 미친 듯이 달려와 윤지를 끌어안았다. 한 팔은 머리를 잡고, 한 팔은 가슴을 휘감았다. 숨이 막혔다. 폐가 압착되는 듯 고통이 밀려들었다. 몸부림칠수록 더 단단히 죄여 왔다. 옴짝달싹할 수 없었다. 사냥감을 옭아매는 밀림의 아나콘다처럼, 윤지를 짓눌렀다.

이윽고 아줌마 입에서 나오는 고저 없는 괴기한 소리들이 윤지 귓속을 파고들었다. 계속해서 윤지의 귀에 낮고 단조로운 음성으로 섬뜩한 소리를 주절거렸다. 주문처럼 뒤엉킨 단어들을 쫓기듯 풀어 넣었다.

윤지의 정신이 혼미해졌다. 온몸의 힘이 소리 없이 빠져나가는 것이 느껴졌다. 그 순간 병실 문이 벌컥 열렸다. 보호사와 간호사들이 뛰어들었다.

"빨리! 잡아!"

누군가 외쳤다. 여러 명의 손길이 수혜 아줌마를 떼어놓으려 했다. 하지만 아줌마는 미친 듯이 버텼다. 온몸을 뒤틀며 울부짖었다. 곧장 진정실로 옮겨졌지만, 진정제도 효과가 없었다.

이윽고 동생이 달려왔고, 얼마 지나지 않아 아줌마는 자취를 감췄다. 들리는 말에 따르면, 중증 환자들만 모이는 시설로 옮겨졌다고 했다.

꾸물거리던 겨울이 완전히 떠났다. 바깥은 온통 벚꽃 세상이었다. 그끄제는 살짝 핀 날, 엊그제는 조금 핀 날, 그제는 활짝 핀 날, 어제는 축제의 날. 새벽에 봄비가 내리더니 오늘은 꽃비가 내리는 날. 몽글몽글한 향기가 노래가 되었다.

꽃숭어리를 매단 벚나무 가지는 낭창낭창 춤을 추었다. 살랑바람이 불 때면 꽃눈개비가 뽀얗게 흩날렸다.

이제 윤지는 보호자와 함께 외출을 할 수 있게 되었다. 병실을 벗어나니 숨통이 트였다. 아빠, 엄마와 함께 벚꽃 길을 걸었다. 병동 밖 공기는 달랐다. 살아 있는, 생생한 공기였다. 달보드레하고 감미로웠다.

몇 번의 외출 뒤, 교수님이 외박을 허락했다. 집으로 돌아가 루이를 만났다. 품에 안고 그 고소한 털 냄새를 맡으며, 윤지는 살아 있음을 실감했다.

입원 치료 덕분에 많이 안정된 자신을 보며 내심 마음이 놓였다. 12층 아파트 베란다마다 방범창이 설치된 모습을 보며 윤지는 문득 생각했다.

'내가 죽을까 봐, 아빠와 엄마는 얼마나 무서웠을까?'

윤지는 밥을 차리는 엄마 뒤로 가 가만히 안았다. 엄마가 몸을 돌려 윤지를 포근하게 안았다. 아빠가 루이를 안고 다가와 넷이 한 덩이가 되었다.

몇 번의 외박 뒤, 교수님이 윤지를 불렀다. 상담실로 갔다. 혜정쌤도 함께였다. 교수님이 먼저 환한 웃음으로 반겼다.

"윤지야, 퇴원 어때?"

갑작스러운 말에 윤지의 눈이 동그래졌다.

"퇴원해보고 괜찮으면 좋고, 힘들면 언제든 와. 그래도 돼. 선생님들은 이곳에 늘 있으니까. 힘들면 언제든 와. 갈 곳이 있다는 건 좋은 거잖아."

교수님과 담당 의사의 얼굴이 비 갠 뒤의 하늘처럼 밝았다. 정말 그랬나 보다. 윤지는 조금씩 단단해지고 있었다.

퇴원이라니. 곧 실감이 났다. 익숙했던 환자복을 벗고 짐을 챙겼다. 병실을 나설 때, 주변엔 낯선 환자들만 남아 있었다. 함께했던 사람들은 이미 떠났거나 퇴원한 상태였다.

그제야 실감했다. 나도 이제 떠나는구나.

폐쇄병동의 문이 열렸다. 정이 들었을까? 눈가가 뜨거워졌다. 슬쩍 되돌아보았다. 병동의 복도와 병실, 수많은 밤을 보낸 그곳을 향해 작별을 고했다.

윤지에게 늘 곁을 내어줬던 보호사와 간호사, 청소 아줌마에게
도 손을 흔들었다. 그리울 것 같았다. 아무 조건 없이 잘해 주었
던 사람들이었으니까.

승강기 버튼을 누른 뒤 엄마를 힘껏 안았다.

"잘 견뎌줘서 고마워."

엄마의 눈시울이 붉어졌다. 엄마는 윤지를 포기하지 않았다.
윤지는 그런 엄마를 더 힘주어 안았다.

⑱ 학교 안 요새

윤지는 차창 너머로 학교를 바라봤다. 차가운 철문, 벽돌로 쌓인 교사(校舍), 복도를 가로지르는 아이들의 웃음소리가 들려왔다. 모든 것이 그대로였다. 마치 시간이 멈춘 듯했다. 하지만 윤지는 알고 있었다. 변한 것은 아무것도 없었다.

차 안에는 깊은 정적이 감돌았다. 햇살이 비집고 들어와 먼지 기둥을 만들었다.

"윤지야. 괜찮아, 내키지 않으면 집으로 돌아가면 돼. 학교 안 다니면 어때. 다 괜찮아."

엄마가 머뭇거리는 윤지와 눈을 맞췄다.

"윤지야, 엄마 말에 동의해. 아빠도 네가 가장 중요해."

아빠가 말했다. 그랬다. 이제 엄마와 아빠는 고민하지 않았다. 단 한순간도 망설이지 않았다. 오직 윤지가 중요했다. 학교도, 성적도, 대학도 아니었다. 살아남는 것, 그것만이 최우선이었다.

그러나 윤지는 입술을 꼭 깨물었다. 손끝이 차가웠다. 심장이 빠르게 뛰었지만 심호흡을 했다.

조금 뒤 차분하게 정적을 깼다.

"괜찮아. 나는 피해자야. 왜 피해자가 도망쳐야 해?"

윤지의 말에 엄마와 아빠가 동시에 윤지를 바라보았다.

"왜 나를 괴롭힌 애들은 멀쩡히 학교 다니는데, 내가 떠나야 해? 왜 잘못한 건 걔들인데, 내가 학교를 포기해야 해?"

엄마는 핸들을 더 세게 쥐었다.

"힘들면 윤지야, 버틸 필요 없어."

아빠는 윤지를 고요하게 바라보았다.

하지만 윤지는 단호했다. 두려움도, 불안도 분명히 있었다. 하지만 그것보다 더 강한 건 도망치지 않겠다는 의지였다.

"아니, 난 버틸 거야."

윤지 말에 힘이 들어갔다.

"나는 여기서 끝까지 졸업할 거야."

그 말이 차 안을 가득 채웠다. 엄마와 아빠는 더 이상 아무 말도 하지 않았다.

엄마와 아빠는 더 이상 윤지를 설득하지 않았다. 대신, 윤지의 선택을 지켜보기로 했다. 강하게 밀어붙이는 대신, 그 옆에서 함께 버티기로 했다.

자동차는 학교 안으로 들어갔다. 윤지 교실이 보이는 쪽 주차장에 차를 세웠다. 그곳에서는 윤지가 아이들과 우르르 교실로 들어가지 않아도 되는 후문이었다.

"아빠, 엄마! 다녀올게!"

윤지가 손을 흔들자 부모님은 깊게 고개를 끄덕였다.

그러고는 집으로 돌아가지 않았다. 차 안에서 윤지를 기다렸다. 윤지가 힘들어서 견디지 못할 때 언제든 달려올 수 있도록, 시동을 끄고 기다렸다.

차창 너머로 교실이 있는 방향을 수없이 힐끔거렸다. 때로는 루이를 데려와 함께 있었다. 5월 초지만 여전히 산꼭대기 학교는 추웠다. 그렇다고 히터를 틀 수도 없었다. 시동을 켜면 수업에 영향을 준다는 생각에서였다. 그래서 침낭을 가져와 견뎠다. 화장실도 문제여서 팬티 형 기저귀를 입었다. 허기는 빵과 우유로 채웠다. 그러면서도 차창 너머 윤지네 교실 쪽에서 눈을 떼지 않았다. 윤지가 복도를 오가는 모습을 지켜보면서, 손을 내밀 수 있는 거리를 견뎠다.

얼마나 지났을까? 전화가 울렸다. 교무실 번호였다.

"저기 윤지 어머니세요? 지금 윤지가 많이 힘들어보여서요. 혹시 올 수 있으세요?"

이런 담임 선생님 전화는 매일 이어졌다. 어떨 때는 1교시 중간에 어떨 때는 2교시가 막 시작된 다음이었다. 3교시를 넘기지 못했다. 그래도 윤지는 등교를 포기하지 않았다. 속도는 느렸지만, 멈춘 것은 아니었다.

다시 돌아온 학교는 여전히 낯설고 어색했다. 믿고 따르던 선생님은 윤지를 특별히 챙기려하기보다 평소처럼 무심하게 대했다. 그것이 윤지를 더 편안하게 만들었다. 낯선 복도, 낯선 교실, 복도를 지나 화장실에 가는 것도 아직은 힘들었다.

"윤지야, 괜찮아?"

믿고 따르던 선생님이 복도에서 윤지를 불렀다. 윤지는 잠시 망설이다 고개를 끄덕였다.

"네, 괜찮아요."

"천천히 해도 돼. 네가 할 수 있는 만큼만."

윤지는 어색한 미소를 지으며 교실을 지나쳤다. 창가 자리에 앉아 책을 펼쳤지만, 글자가 머릿속으로 들어오지 않았다. 그저 시간을 버텨내고 있었다.

아이들은 저마다의 삶에 바빴다. 윤지를 신경 쓰거나 특별히 대하는 일도 없었다. 그것이 오히려 윤지를 편안하게 했다. 학교에서는 윤지가 심장 질환으로 입원했다가 돌아왔다고 공지했다. 그걸로 끝이었다.

그래서일까, 아이들은 윤지에게 특별히 관심을 보이지 않았다. 굳이 묻지도, 위로하지도 않았다. 모두가 자연스럽게 일상을 살아갔고, 윤지는 그 안에서 서서히 녹아들고 있었다.

하지만 시간이 조금 지나면 무언가 올라왔다. 그럴 때면 엄마가 기다리는 주차장으로 나갔다가 다시 교실로 들어가서 견디는 시간이 반복되었다. 어떨 땐 곧장 가방을 싸서 내려오기도 했다. 그렇게 하루하루를 버텼다. 언제 무너질지 모르는 불안 속에서도, 윤지는 한 발씩 앞으로 나아가고 있었다.

윤지는 매일 교수님과 상담도 받았다. 불안한 마음을 드러내고, 교수님은 들어주었다.

"윤지야, 지금도 잘 하고 있어. 그렇지만 언제든 네가 쉬고 싶으면 다시 입원해도 돼. 나도 있고 혜정쌤도 있으니까."

교수님 이야기에 윤지가 고개를 끄덕였다. 죽지 않아도 된다는 이야기였다. 도망치고 싶으면 언제라도 갈 수 있는 곳이 있다는 사실에 안도했다.

졸업앨범도 찍었다. 반 친구들과 함께 공원으로 나갔다. 사진사 앞에서 자연스럽게 웃는 것이 쉽지는 않았다. 꼭 웃어야 할까? 윤지는 햇빛 때문에 눈부신 듯 잔뜩 찡그렸다. 햇빛 덕분에 어색함을 숨겼다.

사진을 찍는 동안 다른 반 아이들 속에 세리가 보였다. 갑자기 숨이 가빴다. 윤지는 재빨리 선생님 곁으로 다가가 속삭였다.

"선생님! 저 힘들어요."

"응, 힘들구나. 약 가져왔니? 먹고, 엄마한테 내가 전화할게. 사진 다 찍었으니까 먼저 가도 좋아."

차분한 선생님은 윤지 등을 토닥였다.

엄마가 곧장 달려왔다. 번개맨 같은 엄마, 마음이 놓였다.

학교 수업도 처음엔 1교시, 2교시만 버티다 조퇴했는데 점점 길어졌다. 3교시, 4교시까지 견딜 수 있게 되었다.

윤지는 중간고사를 보지 못했지만, 기말고사는 최선을 다해 응시했다. 몸은 완전히 회복되지 않았지만, 가족과 선생님들의 도움 속에서 천천히 공부의 리듬을 되찾아갔다. 오히려 집중할 수 있는 시험이 좋기도 했다.

여름방학이 다가오면서 윤지는 한시름 놓았다. 힘들 때면 주차장으로 나갔다. 주차한 엄마 차 안으로 찾아들어 차분하게 숨을 골랐다. 엄마 차도 어느새 학교 멤버가 된 듯했다.

2학기 수업 시간표를 받았다. 결코 받을 수 없을 것 같았던 시간표였다. 윤지는 울컥했지만 울지 않았다.

엄마와 함께 강연도 들으러 갔다.

"이 세상 사람들은 다 자기 살기에 바빠. 나를 좋아할 여유도, 싫어할 여가도 별로 없어. 그런데 사람마다 카르마와 성질이 있어서, 자기 맘에 들면 좋아하고, 안 들면 싫어하는 거야.

그러니까 저 사람이 나를 좋아하든 싫어하든, 그건 그 사람 성질 때문이지 나하고는 별 관계가 없어. 내 잘못 때문이 아니라, 단지 그 사람의 취향일 뿐이야.

그래서 내가 싫다는 애를 다른 애는 좋다고 사귀잖아. 만약 그 사람이 진짜 문제가 있다면, 나만 아니라 아무도 안 사귀어야 하는 거야. 결국, 사람 자체는 좋고 나쁨이 있는 게 아니라 각자 자기 성향에 따라 좋아하고 싫어하는 거야.

예를 들어, 어떤 사람은 고양이를 좋아하고, 어떤 사람은 싫어해. 개를 좋아하는 사람도 있고, 싫어하는 사람도 있어.

그런데 개를 좋아하는 사람 입장에서 개를 싫어하는 사람이 비인간적이라고 하면 안 되지. 오히려 인간을 싫어하는 걸 비인간적이라고 해야 하는 거 아니야?

사람은 다 다르게 살아가. 이 세상은 그렇게 다양한 사람들 속에서 굴러가는 거야.

그러니까 이 세상 사람 중에 나를 특별히 관심 갖고 돌봐 줄 사람도 없고, 나를 특별히 좋다고 할 사람도 없어. 모두 자기 살기 바쁘니까. 누군가 나를 사랑하거나 나를 욕하고 비난하면, 내가 뭐 대단하거나 뭘 잘못해서가 아니라, 그 사람의 감정일 뿐이라는 거야.

이걸 깨닫고 저 사람이 저렇구나 하고 받아들이면 되는 거야.

예를 들어, 내 강의를 듣고 누군가는 좋다고 하면 그 사람 마음에 들었기 때문이고, 누군가는 싫다고 하면 그 사람 마음에 안 들었기 때문이지, 나하고는 아무 상관이 없어.

만약 나하고 진짜 상관이 있다면, 모든 사람이 다 좋아해야 하거나, 다 싫어해야 하잖아. 그런데 사람마다 다르게 반응한다는 건, 그건 각자의 문제일 뿐이라는 거야.

그러니까 내가 누군가의 반응 때문에 잘난 척하거나, 못난 척하면 안 돼. 그건 오히려 내가 손해 보는 거야. 사람마다 다 자기 기분대로 사는 거야.

어떤 사람은 사는 얘기를 듣고 싶었는데 경제 이야기가 나오면 불만일 수도 있어. 어떤 사람은 내 강의를 듣고 저마다 자기 생각대로 숙덕거릴 수도 있어. 그런데 모든 사람을 만족시키려고 하면 불가능해. 그런 걸 다 맞추려면, 욕을 얻어먹고 사는 게 제일 쉬운 방법이야.

그러니까 욕 좀 얻어먹어도 괜찮아. 너무 전전긍긍하면 내 인생이 없어져. 적당히 해주고, 적당히 욕 얻어먹고 그냥 사는 거야. 그냥 살면 돼!

그렇게 생각해야 인생을 살아갈 수 있어. 너무 남의 반응을 신경 쓰고, 남이 나를 좋아해 주길 바라니까 오히려 더 힘들어지는 거야. 날 왕따 시킬 사람은 없어, 아무도! 이 바쁜 세상에서 날 일부러 왕따 시킬 만큼 여유 있는 사람이 어디 있겠어. 그냥 별로 안 좋아서 안 보는 거지, 다들 자기 살기에 바쁜 거야.

그러니까 사회성이 있니 없니 이런 생각할 필요도 없어. 그냥 적당히 섞이고, 적당히 얽히고 사는 게 사회성이지, 별다른 의미를 둘 필요가 없는 거야.

이 세상에는 만병통치약 같은 것도 없어. 여긴 독이지만, 저긴

약이 될 수도 있고, 저긴 독인데 여긴 약이 될 수도 있어. 그러니까 너무 고민하지 말고, 그냥 그렇게 살면 돼, 어떻게? 그냥 살면 된다. 오케이?"

이런 내용이었다. 질문을 한 사람은 다른 사람이었지만 윤지는 계속 고개를 끄덕였다.

'나와 비슷한 아픔, 고민을 갖는 사람들이 이렇게 많다니….'

이런 생각도 들었는지 낯빛이 편안해보였다.

2학기는 제법 빠르게 지나갔다. 물론 매일 조퇴가 이어졌지만, 자극은 훨씬 줄어들었다. 고등학교 원서를 쓰고, 특목고나 자사고를 준비하는 친구들이 면접 연습을 하느라 분주했다. 원서를 어디로 넣을지 고민하며 정보 교환이 활발하게 이루어졌고, 담임 선생님과 상담을 받는 학생들도 많았다.

졸업을 앞두고 반마다 마지막 단체 사진을 찍고, 졸업 앨범에 서로 메시지를 남기는 풍경이 곳곳에서 펼쳐졌다. 졸업식 준비로 강당을 오가는 학생들도 늘어났고, 반별 영상 제작이나 축하 행사 연습이 이어졌다.

교실에서는 사물함을 정리하고, 책상 위에 남겨진 메모들이 쌓여갔다. 친구들과의 마지막 추억을 만들기 위해 약속을 잡고, 한층 떠들썩해진 분위기 속에서 시간은 빠르게 흘러갔다.

겨울방학과 함께 어느덧 졸업식이 다가왔다.

졸업식장에 들어서자, 낯익은 얼굴들이 보였다.

"윤지야, 사진 찍자!"

짝 리안이가 해맑게 다가왔다. 윤지는 오랜만에 웃었다. 결코 웃을 수 없을 거라 생각했는데 웃고 있었다.

한편으로는 이렇게 버티고 있다는 사실이 믿기지 않았다.

'고맙다, 윤지야. 멋지다, 황윤지!'

스스로가 대견해서 속으로 무수히 칭찬을 전했다. 이제는 새로운 길을 걸어가야 할 시간이었다. 윤지는 숙였던 고개를 들었다.

햇살이 반짝이는 쪽으로.

⑲
탈피

드디어 윤지는 중학교를 졸업했다. 지독했던 중학교의 기억을 뒤로하고, 가해자도, 동급생들도 마주치지 않을 먼 곳의 일반고에 배정받았다. 새로운 출발이었다. 물리적인 거리가 멀어지자 윤지의 마음도 훨씬 편안해졌다.

고등학교 1학년이 되자 여전히 엄마는 등하교를 차로 도왔다. 혹시라도 중학교 친구들과 마주칠까 싶어서였다.

하지만 기우였다. 학교에서 윤지는 점점 더 환하게 웃기 시작했다. 낯선 환경이어서 더 좋았다. 부반장에 지원하여 선출되고 활발하게 교정을 누볐다. 윤지는 자신이 변화하고 있음을 느꼈다. 과거의 어둠이 점차 옅어지고 있었다.

병원 정신 상담도 꾸준히 받았다. 상담실을 오가며, 병원에서 많은 아이들을 보았다. 우울, 불안, 트라우마, 조울증, 공황장애 등 저마다 깊은 상처를 품고 상담을 기다렸다.

아이들 눈동자에는 아직 치유되지 않은 아픔과 희미한 희망이 공존하고 있었다. 상처와 불안감을 드러내고, 살피고, 어떻게 다뤄야 할지 배우는 중이었다. 부정적 감정을 마주하고 어루만지는 법을 익히는 중이었다. 그 다음이 행복이고 희망임을 알게 될 아이들이었다.

윤지는 처음으로 확실한 진로를 품었다.

'아이들이 세상을 항해하도록 돕는 정신과 의사가 될 거야.'

처음에는 막연히 국경없는 의사회의 일원이 되고 싶었다. 하지만 이제는 확고한 목표가 생긴 것이다.

의사가 된다면 다 아무것도 아니라고 말해줄 것이다. 쪽팔린 거, 인생 망가졌다고 사람들이 수군거리는 거 다 아무것도 아니라고 말이다.

과거의 상처는 아팠지만, 그 경험들이 돌고 돌아 윤지를 이끌었다. 힘들었던 시간들이 있었기에, 누군가의 상처를 이해할 수 있는 사람이 되었다.

윤지는 문득 창밖을 바라보았다. 봄바람이 부드럽게 병원 창을 들락거리고, 벚꽃이 나른하게 흩날렸다. 다가온 햇살은 윤지의 얼굴을 골고루 어루만졌다.

윤지가 퇴원했던 그 봄날이 떠올랐다. 모든 경험은 결국 삶의 이정표가 되어 윤지를 더 단단하게 만들어 주고 있었다. 모든 인생은 틀린 것이 아니고 다른 것이며, 어떤 선택도 절대적인 것이 아님을 윤지는 깨닫고 있었다.

세상에는 수많은 길이 있으며, 각자의 선택이 그 자체로 의미를 가진다는 것을 이해하기 시작했다.

과거는 더 이상 윤지를 짓누르는 족쇄가 아니었다. 이제 그것은 뿌리가 되어 윤지를 지탱해 주고 있었다. 윤지가 오랜만에 빙그레 웃었다. 이제 윤지는 자신만의 오아시스를 찾은 듯했다.

사방이 어둠으로 막혔다. 세리는 캄캄한 사각형에 갇힌 느낌이었다. 문은커녕 빛 한 줌조차 없는 암흑이었다. 단 한 번도 빛이 머문 적 없을 것 같은 어둠이 겹겹이 쌓여 있었다.

어딘가에서 희미한 기계음이 들려왔다.

삑, 삑, 삑. 규칙적으로 반복되는 소리가 공기 속을 맴돌았다.

여기가 어디인지 알 수 없었다.

마지막으로 떠오르는 장면은 스키장이었다. 엄마와 이모, 아빠 얼굴이 스쳐갔다. 스키를 타고 설원을 가르며 내려오던 순간까지는 선명했다.

하지만 이후의 기억이 비어 있었다. 스키장에서의 소란스러운 소리, 눈부신 설경, 차가운 공기까지 떠올랐지만, 다음이 없었다. 기억의 끊어진 조각들을 이어 맞추려 애써 보았지만 허사였다.

몸을 움직일 수 없었다. 사지를 움직이려 해도 돌덩이처럼 굳어 있었다. 아무리 힘을 주어도 손가락 하나 까딱할 수 없었다. 거대한 무게가 몸을 짓누르는 듯했다. 가슴이 조여오는 기분이었다. 심장이 뛰는 소리마저 둔탁하게 들렸다.

어디선가 옅은 소독약 냄새가 풍겼다. 익숙하지만 낯설고, 차갑고 무미건조한 냄새였다. 이 냄새를 맡았던 적이 있었던 것 같은데, 기억이 또다시 끊어졌다.

그때였다. 어렴풋이 나이 든 남자의 낮고 건조한 목소리가 들려왔다. 처음 듣는 목소리였다.

"이름은 장세리. 올해 십칠 세, 고1인가? 현재 상태는?"

"네. 교수님! 지난달 스키를 타다가 보드를 타던 성인과 충돌했는데요. 코마 상태입니다."

젊은 수련의가 바짝 긴장한 채 설명을 이어갔다.

코마? 세리는 되뇌었다. 내가 코마라고? 믿을 수 없었다. '여기는 어딜까? 암흑 속이야. 보이지도 않고 움직일 수도 없어. 말을 하려고 해도 할 수가 없어.'

두려움에 휩싸였다. 그때 어둠 속에서 희미한 속삭임이 들려왔다. 바람 소리가 아니었다. 아이들이 모여서 떠드는 소리였다. 그 순간 한 아이의 원망이 세리를 덮쳤다.

"나는 장세리 이름만 들어도 움찔해. 걔를 떠올리는 것조차 두려워. 두렵다는 말조차 할 수 없을 만큼 무서워. 홀로코스트 같은 수용소는 개 같은 학교폭력 가해자들에게 적당한 곳 아닐까?

중1때 세리가 내게 준 비난과 비하를 기억하고 싶지도 않아. 경멸과 비아냥거림 또한 한시도 잊은 적이 없어. 나한테 '돼지새끼, 작작 처먹어. 네가 먹는 건 사료야. 돼지 사료. 네 부모는 암돼지, 수돼지냐. 바비큐를 하면 냄새가 나겠지?' 세리가 했던 말과 표정까지 고스란히 떠올라.

내가 지나갈 때 다리 걸어서 넘어트리고, 등짝을 짓밟고 지나간 것도 생생해. 뚱뚱해서 부풀어 오른 돼지라고 했지.

그렇게 폭력에 시달린 끝에 상처만 남았어.

생각보다 극복하는 데 시간이 많이 걸렸어. 아니 사실은 극복하지 못했지.

자존감이 사라졌어.

아직도 세리가 등장하는 악몽을 꿔. 그런 날은 아무것도 하지 못하고 방에서 나가지도 못해.

언젠가 휴일에 빵을 사러 빵집에 갔다가 우연히 걔를 봤어. 소름이 돋고, 심장이 제멋대로 뛰었지. 걔 엄마와 웃고 있는 걔를 보는데 치가 떨렸어. 이젠 학교가 아닌 곳에서조차 걔를 만날까 봐 두려워. 걔가 사는 지역이 아닌 곳에서도 주위를 두리번거려. 그래서 요즘은 아예 안 나가. 제발 걔 인생 망했으면 좋겠어. 죗값도 안 받고 아무렇지 않게 살고 있는 걔, 대대손손 저주받아 마땅해. 지옥 불에서 영겁의 시간 그 이상 고통 받았으면 좋겠어.

나는 걔를 용서하지 못해. 아니 절대 용서할 수 없어.”

한 아이의 절규가 끝나자, 어둠 저편에서 또 다른 목소리가 나섰다.

"장세리 걔는 나를 때려놓고 때리는 시늉만 했다고 했어. 걔 패거리들과 함께 나를 짓밟았어.

걔는 나를 '븅신'이라고 불렀어. 나는 어느 때부턴가 순하고 내성적인 내 성격이 븅신처럼 생각되었어. 븅신, 븅신. 걔 말대로 내가 븅신처럼 생각되어서 살아서 뭐하나, 지독한 자괴감에 낙을 잃었어.

약육강식의 본능에 따라 사는 것은 짐승이지, 사람이 아니잖아. 집단 생존을 위해 방해되는 종을 따돌리거나 버리는 경우는 있지. 그렇지만 사람처럼 재미로 상대방이 자살까지 생각하게끔 괴롭히는 경우는 들은 적이 없어.

폭력이 잘못된 행동이라고 교육도 받았잖아. 학교에서 했던 교육들이 모여 폭력 없는 교실이 되는 건 꿈일까?

지금도 이해가 안 돼. 나는 걔보다 키 크고, 특별히 섬세한 성격도 아닌데 왜 당했을까? 맞고 집에 가서는 넘어졌다거나, 가로수에 부딪혔다는 핑계를 댔어. 그런 상황이 지속되니까 무기력해지고 살기가 싫더라. 휴대폰에 자살하겠다는 말을 녹음하기 시작했어.

내가 잉여인간 같았어. 그때 받은 상처가 사라지지 않아. 오히려 내 속에 더 단단히 뿌리를 내리는 것 같아…."

아이가 거친 숨을 내쉬는데 이번에는 낮고 떨리는 목소리가 뒤따랐다.

"등교한 뒤 종일 오줌을 참은 적도 많아. 세리가 화장실에 따라 와서 괴롭힐까 봐.

내 성격이 마음에 안 든다며, 내 말투가 특이하다며 나를 때린 것도 기억 안 나겠지?

걔 패거리는 여전히 잘 살겠지? 서로 돌아가며 나를 때리고, 욕하고, 왕따 시켰는데 그런데 뭐? 어른이 된 가해자들은 기억을 못한다더라. 말도 안 돼.

나는 이 기억에서 벗어날 수도 없는데….

옥상에 몇 번 올라갔어. 이렇게 사느니 죽는 게 낫겠다 싶었으 니까. 뛰어내리려는데 할머니 얼굴이 떠올랐어. 나를 키워 준 할 머니가 불쌍해서 차마 못 뛰어내렸어. 번번이 그냥 내려왔어.

가해자가 어려서 뭘 몰라서 그런 일들이 벌어졌을까? 어리석어 서? 어린 시절, 한 순간의 사건이었을까? 걔도 그렇게 생각할까?

수시로 울음이 터질 때가 많았어. 내가 감성적이어서 그럴까? 내가 나약해서? 세리가 피해자의 마음을 알까? 만신창이가 된 나 를? 나를 해부하면 온통 아픈 물음표뿐일 걸!"

말을 마친 아이가 주먹을 들어 제 가슴을 툭툭 치자 다른 아이 가 입을 뗐다. 그 목소리는 날카롭고 서늘하게 세리의 심장을 찔 러댔다.

"나는 그때 일을 떠올리면 먹이사슬도 함께 떠올라. 먹이사슬 피라미드에서 나는 최하위지, 피식자. 그렇지? 나는 걔 밥이었으니까. 잡아먹히는 유기체.

개는 피식자인 나를 죽일 수도 있고 그렇지 않을 수도 있는 절대 포식자였지. 결국 피식자는 죽음뿐인 거지.

걔 패거리로 인해 내 중학교 시절은 죽었어.

걔들은 내게 항상 껄렁거렸지. '네 주제에.' '주제 파악해.' '주제를 알아라.' '주제넘게!'

걔들은 수시로 학교 뒤로 나를 불러서 얼차려 시켰어. 그뿐이 아니야. 노래방으로 데리고 가서 탬버린을 치게 하고, 춤을 추게 했어. 패거리가 말한 노래 번호를 빨리 입력 안 하면 가차 없었어. 발길질이 날아왔지. 뻐근한 몸을 만 채 구석에 처박혔다가도 사정없이 일어나야 했어. 안 그러면 집단 발길질이 기다렸으니까.

그날 다섯 중에 넷에게 맞다가 비명을 질렀지. 하나는 내 비명 소리가 밖에서 들리지 않게 악을 쓰며 노래를 불렀지.

살려달라고, 집에 가게 해달라고 빌었던 내가 개 한심했어.

나는 걔들에게 주제 파악 못하는 병신이었어. 이죽거리던 언어 폭력과 신체 폭력은 지금도 나의 자존감을 뭉개버리지. 변변하지 못한 내 환경과 처지를 돌아보게 해. 그러니 고마워해야 할까?

자신감이라는 말은 결코 내게 어울리지 않게 만든 걔들을 증오해. Fuck you!"

거친 숨소리가 파동을 일으키자, 크고 작은 한숨들이 회오리처럼 세리를 휘감았다. 그 회오리는 날카로운 가시철망이 되더니 점차 세리를 옥죄었다. 숨이 쉬어지지 않았다. 악을 쓰려고 해도 무중력 상태에 있는 것처럼 입만 벙긋거릴 뿐이었다.

"나도 별반 다르지 않아. 정 세리 걔는 초등학교부터 중학교까지 나를 왕따의 길로 깊숙이 이끌었지. 걔 얼굴이 두려워서 졸업 앨범도 안 샀어. 나는 난파선 같아. 배 이름은 'TRAUMA'

써놓고 보니 괜찮아 보이기도 해. 어떻게든 극복해 나가고 싶은 시간이 흘렀지만 안 잊히는 건 사실이고 정신과 상담을 받아도 도돌이표처럼 그때로 되돌아가.

항해를 하면 난파선이라 어떤 배도 다가오지 않아.

관계 맺기에도 실패자가 되었어. 피해자였는데 실패자까지 되었어. 시간은 어차피 흐르기 마련이고 걔들은 나를 잊겠지. 시간은 계속 흐르니 이 시간도 과거가 되겠지. 그런데 학교폭력 피해자들이 받은 상처는 과거에 멈추지 않아. 현재이고, 미래가 돼. 영원히 풀리지 않을 족쇄 같아. 매 순간 순간 나를 잠식하지.

모든 일은 시간이 지나면 아물고 희미해진다?

후후, 그걸 바랄까 걔들은?

한 번 더 말할게. 물리적으로 찢긴 상처는 아물겠지만 학교폭력은 결코 희석되지 않아. 툭하면 덧나지, 불쑥불쑥.

언젠가는 모두 죽겠지? 걔들도, 나도.

그런데 죽어서 만날 생각을 하니 끔찍해."

그 말이 끝남과 동시에 다른 목소리가 치고 들어왔다. 이번에는 좀 앳되지만 원망이 깊게 서린 음성이었다.

"나는 장애가 있어서 일 년 쉬었다가 걔와 같은 학년이 되었지. 엄밀히 말하면 걔보다 일 년 선배지. 연년생인 내 동생도 같은 학년이었던 거지.

장세리, 걔를 저주했어. 나는 물론이고, 내 동생도 같이 당했으니까. 동생 교실 앞에 있는 화장실로 우리 둘을 끌고 가서 밟고 때렸어. 변기 물도 먹였지. 내가 안 먹으면 동생이 두 배로 먹어야 했어.

우리가 마음에 안 든다는 이유로 끔찍하게 학대했어. 늘 머리카락이며 교복이 젖고, 더러웠지. 엄마가 물으면 '자전거 타다 처박혔어. 화장실 청소하다가 더러워졌어.' 둘러댔어.

아침에 눈 뜨기가 싫었어. 학교에 가야 하니까. 안 가면 내 동생을 괴롭힐 테니 안 갈 수도 없었어.

패거리들은 우리 먹잇감을 놓지 않으려고 눈에 불을 켰어. 동생이 없으면 나, 내가 없으면 고등학생인 우리 언니를 찾아갔어.

휠체어 타는 내 친구는 외동인데 걔 반려동물을 괴롭혔어. 다른 애들한테 들었는데 집주소를 알아내서 현관 앞, 우편함, 주차된 차량에 테러를 했어. 야비하고, 저열하고, 교활했어. 걔들은 뼛속부터 악랄하고 추악하고 사악했어. 이 세상은 강자의 세상인 양 약자를 착취하고 무시했어.

세리 패거리들은 왕이었어. 피해자는 노비였고, 노예였어. 욕

해도 되고, 때려도 되는 왕 놀이 같았어.

　피해자들의 시간은 처참하게 쓰러져갔어. 세포 하나하나의 고통을 껴안으며 흐느꼈어. 가해자들의 가해에 힘없이 무너지고 수동적으로 바뀌었어. 살아남기 위해 가해자에게 의존하며 수동적으로 동조하기도 했어. 그걸 겪고 내가 당하니 답이 안 보였어. 동생과 나는 같이 죽자며 서로 끌어안고 많이 울었어. 자살 시도를 할 때마다 무서워서 서로를 말리며 또 절망했어.

　한동안은 세리와 그 패거리들이 죽는 상상을 했어. 그 무엇보다 처참하게.

　그런데 지금은 아니야. 그렇게 간단하게 죽어버리면 우리가 너무 억울하잖아. 살아서 고통 받을 만큼 받아야 하잖아. 그러니 살아야지. 살아서 끝까지 살아서 우리가 겪은 고통을 모두 만나보길 바라. 걔들 자식들이 우리와 똑같은 고통을 겪길 바라.

　야. 정말 그렇게 되었으면 좋겠어.”

　그 말끝에 누군가의 흐느낌 소리가 들려왔다. 모여 선 아이들 중 하나가 눈물을 훔치는 게 보였다.

　또 한 명의 아이가 말문을 열었다. 목소리는 담담했지만 그 속에 담긴 분노는 뜨거웠다.

　“난 미국 시민권을 버리고 한국에 왔어. 미국에서 아시아인이라고 인종차별을 당했었어. 한국에 온 건 내 고통을 덜어주려던 부모님 결정이었는데…. 열심히 공부해서 나처럼 힘든 애들을 돕고 싶었는데….

이젠 틀렸어. 걔들 덕분에 피해망상이 나를 지배해버렸어.

나는 말이야. 장세리 걔들 패거리를 일러바친 적도 없잖아. 조용히 존재감 없이 있었다고. 그런 나를 지목해서 괴롭힌 이유가 아직도 궁금해. 내가 딱히 잘못한 것도 없거든.

내 발음이 좀 이상하다나? 굳이 찾아낸다면 그게 내 피해의 시작이었어. 물론 쫄 게 뭐 있어, 속으로 꿈틀댔지만 소심해, 내가. 눈치를 많이 보는 심약한 성격이야.

대략 난감하지만, 그래도 그게 내가 괴롭힘을 당할 이유였나? 누구나 다 다르잖아. 틀린 게 아니라 다르다고. 아니냐?

한때는 복수를 생각했어. 전쟁 게임을 하면서 걔를 생각했어. 게임에서 적을 죽일 땐 걔를 죽인 것처럼 통쾌했어. 현실에서도 가능할까? 물론 어렵지. 현실에서도 걔를 죽이면 나는 교도소행이니까. 학교폭력 드라마만 찾아서 봤어. 통쾌하게 복수하잖아, 주인공이.

대리만족이라고나 할까?

그런데 그게 무슨 소용이야. 현실 속의 나는 극복이 안 되는데….

내 인생은 이후로 안 풀렸어. 무슨 일이든 기가 죽었어. 생각이나 판단도 느려지고 둔해졌어.

너무 원통하고 화가 나. 복수를 한다고 나한테 일어났던 그 일들이 사라질까? 내가 행복했던 순수의 시절로 돌아갈 수 있을까?

개들 대체 내게 왜 그랬을까?"

"나는 장세리가 부른 다른 학교 애한테 맞아서 앞니가 부러졌어. 내 목을 조를 땐 이대로 차라리 죽는 게 낫겠다 싶었어. 내가 그렇게 당하고 있을 때 개는 벤치에 앉아서 킬킬거렸어. 컵 떡볶이인가? 그거 먹으면서 패거리랑 빈정거렸는데 그 장면이 늘 나를 괴롭혀. 비참하다고 해야 할까?

개는 내가 괴로워하는 걸 보고 쾌감을 느끼는 것 같았어. 쾌활하게 웃어젖혔어.

개들이 어려서, 몰라서, 어리석어서 그랬다는 건 BULLSHIT!

백번 양보해서 개들이 어리석었다고 치자. 그래도 벌을 받아야지. 개들 패거리들은 알거 다 알잖아. 나쁜 짓을 하면 벌을 받아야지. 권선징악이란 말도 있잖아. 개들도 이 정도는 알겠지?

참! 세리가 괴롭혔던 애들 중에 희소질환 앓던 애가 있어.

세리가 수시로 '어깨빵'했던 애도 있어. 그 애들은 지금도 병원을 다니지. 그런데 그 애들로 끝나는 게 아니잖아. 가족 전체가 망가지는 거잖아.

'펜치로 혓바닥을 빼 버릴까 보어. 쌍!'

'대답 안 해? 내가 물으면 대답하랬지. 죽을래? 죽고 싶어? 야구 방망이로 개 대가리 빠개줄까?'

'존나, 싸가지 없게. 개 같은 건 죽어야 해. 어디 쇠파이프 없

냐? 내가 대가리 깬다고 했어, 안 했어! 씨발!'

'까불지 말라고 했어. 지랄하고 있네. 공황장애? 좆까! 뭐? 손이 부들부들 떨린다고? 살고 싶은 의욕이 다 뭐래? 덜 맞아서 그래. 개 같은 건 맞아야 정신이 들지?'

그 잔혹한 말들이 녹음된 파일을 아직 난 갖고 있어. 걔들 숨소리까지 생생하게 담겼지. 바라는데 세리가 온라인상에서까지 했던 욕들과 폭언, 따돌림을 걔와 걔 패거리는 물론이야. 가해자 부모와 가족에게까지 똑같이 되돌려주고 싶어. 이게 내 진심이야. 걔들도 당해봐야 해."

모여 선 아이들의 이야기가 잦아들 때쯤이었다.

누군가 세리를 부르고 있었다.

"세리니? 너, 장세리?"

익숙한 목소리였다. 하지만 누군지 기억나지 않았다. 차가운 공기가 자신을 휘감더니, 점점 더 깊은 어둠 속으로 빨려 들어갔다. 공간이 울렁대며 휘청거렸다. 눈앞이 번쩍 밝아지며 과거의 장면이 펼쳐졌다.

학교 급식실이었다. 익숙한 스테인리스 식판 위에는 바삭하게 튀겨진 돈가스와 김이 오르는 미역국이 먹음직스러웠다.

눈을 드니 한 아이가 서서 세리를 바라보고 있었다.

"너, 내 급식에 가래침 뱉던 장세리 맞지?"

공기가 얼어붙었다. 세리는 숨을 삼켰다. 과거의 기억이 떠올랐다. 그것은 상대를 괴롭히며 즐긴 폭력이었다.

"나는 그날 이후 돈가스도, 미역국도 먹지 않아."

피해자의 목소리는 낮았지만 단호했다. 그 안에는 분노와 고통, 깊은 절망이 담겨 있었다.

이어서 또 다른 장면으로 공간이 바뀌었다. 컴퓨터실이었다. 줄지어 놓인 책상들, 차가운 모니터 불빛이 빛을 발했고, 교복을 입은 한 아이가 서 있었다.

익숙한 얼굴이었다. 얼굴에는 비웃음과 조소가 가득했다. 그것은 다름 아닌, 가해자였던 과거 세리 자신의 얼굴이었다.

"이리 와보라고 했잖아."

몸이 저절로 움직였다. 저항할 수 없었다. 그리고 순식간에 짝! 따귀를 맞았다. 얼굴이 홱 돌아갔다. 뺨에 화끈한 열기가 퍼졌다. 귀에서 웅웅 소리가 울렸다. 뺨이 얼얼하게 저려오면서 숨이 막혔다.

"네가 나한테 했던 거야."

순간 기억이 떠올랐다. 자신이 가해자였을 때의 기억이었다. 정성껏 만든 반 아이 모형 비행기를 산산조각 내고 비웃던 세리 자신의 모습이었다. 피해자의 손이 덜덜 떨리다가 멀어졌다.

그 손의 떨림을, 지금은 세리가 느끼고 있었다.

"이게 네가 한 짓이야."

머리채가 거칠게 잡혔다. 세리는 비명을 지르며 몸을 움츠렸다. 그러나 누구도 도와주지 않았다.

"너는 단 한순간도 이걸 잊지 못할 거야."

바닥에 무릎이 꿇렸다. 차가운 눈빛이 위에서 내려다보았다. 그리고 마지막으로, 귓가에 속삭이는 목소리가 들려왔다.

"조금이라도 느껴져? 피해자들이 가야 할 곳이 어디인지 생각해 본 적 있어?"

눈앞이 새하얘졌다. 현실과 환각의 경계가 흐려졌다. 다시 어둠이 덮쳐왔다.

세리는 몸을 움직일 수 없었다. 손끝조차 꿈쩍이지 않았다. 어디선가 간신히 호흡하는 숨소리만 들려왔다. 어디인지 알 수가 없었다. 몸이 아닌, 의식만이 존재하는 곳이었다. 바로 피해자들이 갇혀 있던 의식 세계였다.

그 이후로도 세리에게 끔찍하게 시달린 피해자들이 연달아 세리를 찾아왔다. 고통으로 아우성 쳤고, 상처는 진물이 흘렀다. 세리는 끝없는 죄책감 속에서 그들의 절망을 마주해야 했다.

죽음의 갈림길에서 비로소 스스로를 돌아보았다.

'나는 악마였던 것일까? 짐승보다도 못한 짓을 아무렇지도 않게 저지르고 다녔어?'

스스로가 역겨웠다. 온몸에 소름이 돋았다. 자신의 과거를 직면하는 순간, 비로소 그 잔혹함이 끔찍하게 다가왔다.

자신은 괴물이었다.

어둠이 희미하게 걷히기 시작했다. 푸르스름한 빛이 병실을 채웠다. 여전히 고요한 병실엔 규칙적인 기계음만이 공간을 서성였다. 병실 문이 열리고 의료진과 부모님이 들어왔다. 의료진이 차트를 살피며 낮은 목소리로 대화를 나누고 있었다. 창밖에는 계절이 바뀌고 있었지만, 이곳에서는 시간이 정지된 듯했다.

"의식이 돌아올 가능성이 희박합니다. 일단 고비를 넘겼으니, 장기적인 간호가 가능한 곳으로 옮기시는 게 좋겠습니다."

의사의 가라앉은 말이 진료실 공기를 눌렀다. 그러나 가족들은 여전히 세리를 놓지 못했다.

한숨 섞인 말들이 오가는 동안 어머니는 핏발 선 눈을 희번덕거렸다.

"기적이 일어날 수도 있잖아요! 난 포기 못 해! 못 한다고! 돈 내면 되잖아, 돈!"

히스테리컬한 발악이 진료실을 난도질했다. 과거 세리의 잘못을 돈과 권력으로 덮으려 했던 오만함은 이제 갈 곳 없는 광기가 되어 허공을 휘저었다. 냉정한 현실 앞에서 그 발악은 끝내 힘을 쓰지 못했다.

며칠 뒤 세리는 요양병원으로 가게 되었다. 간호사들은 세리를 이동형 간이침대로 조심스럽게 옮겼다.

이동 침대는 부드럽게 밀려 복도를 지나 구급차로 옮겨졌다.

차 안에서도 바이탈 모니터가 규칙적으로 깜빡이며 세리의 상태를 체크하고 있었다.

요양병원에 도착하자, 간호사들이 기다리고 있었다. 의료진들은 세리를 조심스럽게 병동으로 옮겼다. 희미한 햇살이 복도를 타고 흘러들었다. 익숙한 듯 부드러운 손길이 장세리를 감쌌다.

요양병원은 조용하고 차분했다. 복도에는 천천히 걸어 다니는 환자들이 보였고, 간호사들은 맑은 미소로 그들을 보살폈다. 창가에는 볕을 쬐는 노인들이 졸고 있었고, 간혹 창문 너머 세상이 덜컹거리며 지나갔다.

장세리는 마네킹처럼 누워 있었다. 바이탈 모니터의 규칙적인 소리가 살아 있음을 알릴 뿐이었다. 간호사들은 하루에도 몇 번씩 세리의 상태를 확인하며 조심스레 몸을 돌려주었다.

“세리 씨, 오늘도 잘 버티셨네요.”

간호사는 가제를 물에 묻혀 세리의 입가를 닦아주었다. 그럴 때마다 간호사의 숨소리가 세리의 얼굴에 내려앉았다.

그렇게 일 년이 흘렀다.

㉓ 가장 아픈 치유

윤지는 요양병원의 긴 복도를 따라 걸음을 옮겼다. 고등학교 2학년이 되기 전 마지막 겨울방학, 의료봉사자로 이곳을 찾은 지 벌써 일주일째였다. 어르신들의 식사를 돕고 말동무가 되어주는 봉사를 했다. 오늘도 병실 이곳저곳을 살피다가 문이 닫힌 방을 발견했다. 무심코 문 앞에 붙은 이름표를 보다가 그 자리에 얼어붙고 말았다.

'장세리 / 18세'

익숙하다 못해 뼛속까지 시린 이름이었다. 가슴 한쪽이 서늘해지며 심장이 불규칙하게 뛰기 시작했다. 설마 하는 마음으로 떨리는 눈을 감았다 떴지만 분명히 그 이름이었다.

온몸에 피가 싸늘하게 식는 듯했다. 머릿속에서 오래전 기억들이 떠올랐다. 차가운 화장실 바닥, 무기력하게 웅크리고 있던 자신, 날카로운 웃음소리와 쏟아지던 모욕적인 말들, 그 중심에 있던 장세리….

'여기 있을 리가 없어. 아냐, 아냐! 그런데… 정말 세리일까?'

심장이 터질 듯 뛰었다. 믿을 수 없었다. 발걸음을 돌리고 싶었지만, 본능적으로 간호사를 찾아가 물었다.

"저기… 304호에 있는 장세리 환자요. 어떤 상태인가요?"

간호사는 별다른 의심 없이 차트를 넘겨보았다.

"18세 여성, 장기 코마 상태. 전원 된 지 1년 가까이 됐어요. 가족들이 가끔 오긴 하지만, 특별한 변화는 없어요."

윤지는 한동안 말을 잇지 못했다. 정말 그 장세리였다. 자신의 삶을 송두리째 흔들어 놓았던 가해자였다. 그 잔혹했던 기억의 중심에 있었던 가해자가, 지금은 이렇게 무력하게 누워 있었다.

화가 났다. 분명 그 감정은 분노였다. 윤지는 세리가 잘 되길 바랐다. 그냥도 아니고 아주 잘 돼서 유명인이 되길 바랐다. 그러면 그때 보란 듯이 세리 앞에 나타나서, 세리가 자신에게 한 일을 세상에 터트릴 것이라 별렀다. 그 복수를 상상하며 버텼다. 그런데 그 모든 바람과 계획이 무너진 것이다.

그날 밤, 윤지는 잠을 이루지 못했다. 장세리가 있는 병실을 계속 떠올렸다. 세리를 만나야 할까? 아니면 그냥 외면해야 할까? 아직도 생생한 상처들이 날을 세웠다. '만나서 뭐하게?' 코마 상태로 누운 세리는 상상한 적도, 원한 것도 아니었다. 윤지는 길게 한숨을 내쉬었다.

꼬박 밤을 지새운 윤지는 아침 일찍 세리의 병실 앞에 와 있었다. 윤지의 손끝이 차갑게 떨렸다. '지금이라도 돌아갈까?' 문을 열면, 그토록 이를 갈던 장세리가 있다. 자신을 지옥으로 밀어넣었던 그 가해자 말이다. 윤지는 문 쪽으로 손을 뻗었다가 내렸다. 그 순간 안쪽에서 간호사의 목소리가 들려왔다.

"세리 씨, 오늘도 파이팅! 잘 버티세요."

그 말에 윤지는 알 수 없는 감정을 느꼈다. 장세리가 버티고 있다고? 누군가에게 그런 말을 듣고 있다고? 저 가해자도 '버티는' 존재가 되어버린 걸까? 윤지는 눈을 감았다가 떴다. 드르륵 안에서 문이 열렸다. 간호사가 환하게 웃었다.

"어머! 왔네요. 봉사 시작하세요!"

간호사의 말에 가볍게 목례를 한 윤지는 병실 안으로 들어섰다. 닫힌 창을 햇살이 부드럽게 쓰다듬고 있었다. 침대 위에 여전히 깊은 잠에 빠져 있는 세리를 바라보며 윤지는 한참을 더듬거렸다.

"장세리…. 너를 이렇게… 보게 될 줄은… 몰랐어."

목소리는 떨렸지만, 차분했다. 윤지는 여전히 세리를 용서할 수 없었다. 하지만 이제는 외면할 수도 없었다.

윤지는 세리의 침대 곁에 장승처럼 서 있었다. 고요한 병실 창문을 타고 흘러든 아침 햇살이 벽을 타고 올랐다. 세리는 영원한 잠에 빠져 있는 듯했다. 일정한 숨소리와 바이탈 모니터의 규칙적인 소리만이 이곳이 살아 있는 공간임을 증명하고 있었다. 윤지는 손을 꽉 쥐었다가 다시 펴기를 반복했다. 차갑던 손에 온기가 돌았다.

얼마나 서 있었을까? 윤지가 깊이 숨을 들이마셨다. 잠시 후 천천히 욕실로 가서 뭔가 결심한 듯 물수건을 만들었다. 크게 심호흡을 한 뒤 따뜻한 물수건으로 세리의 얼굴을 닦아주었다. 마른 입술에는 바셀린을 발라주었다. 윤지는 여전히 복잡한 감정을 지울 수 없었다.

세리의 무력한 모습은 윤지를 무너뜨렸다. 복수의 대상이 사라진 허탈과 분노, 알 수 없는 연민이 뒤섞였다. 윤지는 끓어오르는 감정을 억누르며 읊조렸다.

"장세리. 네가 어디쯤 있는지 모르지만, 다시 깨어나라. 깨어나서 보란 듯이 성공해! 부탁이야. 알겠니?"

읊조리고 또 읊조렸다. 자신을 다잡고 병실을 정리했다. 다음 날도, 그다음 날도 병실을 찾았다. 책을 읽어주고, 음악을 틀어주며, 다리와 손을 주물러주었다. 창문을 열어 신선한 공기를 들여오고, 담요를 끌어 덮어주었다.

윤지가 세리를 돌보는 과정은 용서라고 말할 수 없었다. 하지만 그렇게 타인을 위하는 마음을 되찾으며, 자신의 상처를 스스로 보듬어 안는 법을 배웠다.

"오늘은 바람이 좋네."

윤지는 창문을 열어 부드러운 바람을 맞으며 중얼거렸다. 바람이 머리카락을 쓸어주었다. 따뜻한 햇볕이 병실 안으로 스며들었다. 세리는 여전히 깊은 잠에 빠져 있었다. 윤지는 병실 의자에 앉아 조용히 책을 읽어 내려갔다. 과거의 윤지였다면 상상할 수 없는 순간이었다. 하지만 이제는 할 수 있었다. 세리와의 과거가 더 이상 윤지를 가두게 둘 수 없었다.

'더 이상 두렵지 않아.'

윤지는 스스로를 지켜내고 있었다.

어느덧 방학이 끝날 때쯤이었다. 윤지는 병실 의자에 앉아 핸드폰을 열었다. 망설이다가 졸업한 중학교의 익명 커뮤니티에 접속했다. 메인 화면 상단에 익숙한 이니셜이 포함된 제목이 걸려 있었다.

[솔직히 우리 학교 JSR 모르는 사람 있냐? 걔 근황 아는 사람!]

이미 수십 개의 댓글이 달려 있었다. 윤지는 홀린 듯 그 글을 눌렀다.

댓글1

근황 몰라도 되니까 영원히 안 나타났으면 좋겠다.

댓글2

나 중1 때 JSR 때문에 화장실도 혼자 못 갔던 거 생각하면 아직도 오줌 지림

댓글3

이름만 봐도 ptsd 온다는 게 이런 거구나. 걔가 괴롭힌 애들 모으면 운동장 한 바퀴는 채울 듯.

.

이름은 없지만, 모두가 가리키는 한 사람 장세리였다. 댓글 역시 여전히 어둠 속에서 떨고 있을 또 다른 윤지들의 비명이었다.

윤지는 나만 아팠던 게 아니라는 연대감과 동시에, 저 수많은 '윤지들'을 위해서라도 세리가 이대로 잠 속에 도망쳐서는 안 된다는 생각이 들었다.

윤지는 휴대폰을 끄고 세리의 차가운 손을 마지막으로 잡았다.

"장세리, 너는 아직 사과해야 할 사람들이 너무 많아. 네가 없는 곳에서도 사람들은 여전히 너를 무서워하고 아파해. 그러니까 꼭 깨어나서, 네가 만든 이 사막을 똑똑히 마주해. 비겁하게 잠 속에 숨지 마."

그것은 저주도, 무조건적인 용서도 아니었다. 가해자가 마땅히 져야 할 삶의 무게를 돌려주는, 피해자로서 할 수 있는 가장 엄중한 작별이었다.

윤지는 마지막으로 세리의 손을 잡았다. 온기가 느껴졌다.

"나 이제 갈게."

열린 창으로 부드러운 바람이 불어왔다. 이제 진짜 봄일까? 손을 놓고 돌아서는 윤지 등을 햇살이 쓸어주었다.